將來

衛斯理 著

自序

將來會是怎樣，沒有人知道，所以，將來也就可以是任何樣子，任憑你去想，想得出來的花樣，都可以是將來。

故事中的設想是，高級生物的生活方式，在將來，必然趨向單一獨處，而不是群居。這種設想，聽來有點不可思議。

如果每一個人身上的幾億個細胞，也都要單一獨存，那怎麼辦？一點也不必擔心，幾億個細胞組成的群體生命，必然會解體（死亡），那時候，單一獨存就會實現，尤其是腦細胞——它們本來就是獨立的。「四號」那麼說的。

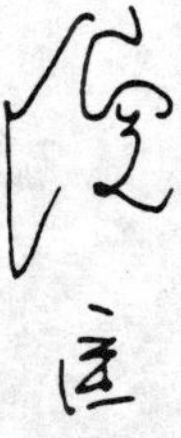

一九九三年七月九日

紅了櫻桃　綠了芭蕉

（只不過是提了兩磅盛造櫻桃，經過了一株蕉樹。）

目錄

（一）疑真疑幻

自小在苗疆蠻荒、崇山峻嶺、原始森林中長大的女野人，我的女兒紅綾，雖然回歸文明社會，但是她對於城市生活，始終不是十分習慣。

所以，她少不免有點怪異的行為。

她極喜歡樹，尤其是大樹，幸好屋後是山，未經開發，古木極多，有高至二十公尺，粗可合抱的，那正投了她的所好。也不知是甚麼時候開始，她竟在其中一株最高的樹上，在枝葉的掩蔽之中，搭了一個棲身之所。

我和白素發現了之後，也無法深責她，只是和她約定，一天之中，留在樹屋中的時間，不能超過留在正常的地方，她也沒有異議。

那株大樹，在我書房的一個窗口望出去，便可以看得到，距離大約是三百公尺。自然，那扇窗子的簾子，我也不再拉上，以便隨時可以看到她。

戈壁沙漠有一次在我的書房，恰好看到紅綾在樹屋中自得其樂，戈壁沙漠向她揮手，她在樹頂之上，縱躍如飛，竟一下子來到了離我書房的窗口不到十公尺之處。她的嗓門大：「兩位叔叔，有甚麼好玩意？」

兩人道：「你的樹屋很有趣！」

紅綾大是高興：「要不要帶你們去玩？」

她在這樣說的時候，雙臂向上抬了一抬，那身體語言是説：如果兩位要去，一邊挾着一個，就可以帶你們去。

戈壁沙漠連聲拒絕：「不必了，不必了，遠處看看就可以了。」

紅綾也不勉強，只是頗有失望之色。

戈壁沙漠問：「你在樹上，要是忽然想和人講話，那怎麼辦？」

紅綾搔著頭，一時之間，沒有法子。我忙道：「快求兩位叔叔設法！」

紅綾笑嘻嘻地道：「像兩位給小寶的那種流動電話，給我一部就好！」

戈壁沙漠「哈哈」大笑：「要帶的都帶來了！」

説著，一個就摸出了一具小巧的流動電話來，外形如一隻松鼠，玲瓏可愛。一個道：「有了它，能和全世界通話，要不要打到法國去找你的秀珍乾媽？」

紅綾接了過來，她手指粗大，那電話上的數字按鍵甚小，但戈壁沙漠顯然是為她特別設計的，按鍵高低突出，以方便她按動。

紅綾很是高興，連聲道謝。

自從有了那電話之後，她隨身帶著，可是不怎麼使用。這天，我在書房看信，一抬頭，就從那窗口，看到了紅綾在樹屋之外的一根橫枝上斜臥著，隨著樹枝的彈跳，一上一下，悠然自得。

那隻鷹，停在她的身邊，每當紅綾向上彈起，牠就展翅撲一下，配合極佳——對了，那隻鷹，就是天工大王所養的後來送了給紅綾的那隻，牠早已飛來了，終日和紅綾作伴，每隔一個月，會飛走十天八天，想來是探訪牠的舊主人去了。

對那鷹飛回來的事，我們並不感到突然。因為我在離開天工大王回來之後，已經依照天工大王所說，告訴紅綾將會把那頭可以和人溝通的靈鷹送給她。紅綾在雀躍之餘，也在天天等牠的出現。

可是等到牠終於出現時，情形卻有點奇特。

那一天清早，我還沒有醒，窗上就傳來「篤篤」的聲響。白素先我一步行動，到了窗前，拉開窗簾，就看到了那頭鷹，正在輕輕地啄窗子。

窗簾才一拉開，牠就用爪子抓窗子，我們也都看到牠的腳上，套著一隻小小的金屬管子。

這種情形，我們早已見怪不怪，知道那是天工大王又向我們傳遞訊息了。

對於這個被稱為天工大王的波斯人倫三德，我對他的工藝技能當然極之佩服，對他幻想高山有生命，把大山當成是一個生命體來探索，更是五體投地。但是我卻對他的為人，有點不很喜歡。

我喜歡人與人之間的相處，以坦誠為本。像我和倫三德的交往，過程奇特之至，我也迭冒奇險，他也引我為知己，可是一談到了他何以有大山具有生命的想法時，他言詞閃爍吞吐的程度，令人憤怒。

我在回來之後，曾向白素說了全部經過，白素聽了，也為之愕然。

因為若是根據倫三德的說法，他的那種天馬行空，奇誕無比的想法，是得到了一個名叫「原振俠」的人的啟發。

可是他又沒有見過這個名叫「原振俠」的人，甚至懷疑是不是真有這個人。看來，好像是這個名叫「原振俠」的人，留下了甚麼文件、資料，或是著作，提到了大山有生命的設想，啟發了他。

而這個名叫「原振俠」的人，聽倫三德的口氣，又像是很久以前的人，他是如何和這個「原振俠」發生接觸的，用他的話來說，是「疑真疑幻」和「不能肯定是不是真的發生過」。聽起來很玄，倒像是他們是在夢中相會的一樣。

問題更複雜的是，倫三德口中的那個名叫「原振俠」的人，是不是我們所熟悉的原振俠醫生呢？

「原振俠」這名字，並不稀有，姓雖是僻姓，名字卻普通，頗有同名同姓的可能。

但事情竟然湊巧到了這一地步？下落不明，不知在浩瀚宇宙哪一個角落，甚至可能已離開了宇宙的原振俠（想起來也駭然），竟然有一個同名人？而這個同名人，又有無比的想像力？

我和白素反覆討論，一點頭緒也沒有，看來除了等倫三德自己來揭開謎底之外，沒有任何辦法，而倫三德又不知何年何月才會離開那山洞——他死在那山洞中的可能性，我看高到了百分之九十九點九。

這既然是等不到的事，所以我和白素，都決定放棄不等，以免傷神。

可是，如今那鷹卻又帶來了他的訊息。

白素已開了窗，讓那鷹進來——自從紅綾幼年時被人闖進窗來抱走之後，我住所的所有窗子，都沒有「窗花」這回事。

那鷹進來之後，立刻抬起腳來，我自牠的腳下，取下了那個金屬管。

白素已經打開了門在叫紅綾，紅綾如飛般撲進來，那鷹捲起一陣風迎上去，聲勢浩大，如同塌屋子。

我進了書房，旋開了金屬管，裡面是一小卷薄得半透明的紙，打開來大約是三公分乘九公分的長方形紙條，打橫用彩筆繪出了三個人頭像——我不能肯定那是用甚麼方法繪出來的，或者是攝影，或是用其他甚麼方法形成的人像留影。總之，那比照片更細膩、更傳神、更精緻、更奪目、更具神采，如同活的一般。

每一個人頭像，只不過大拇指般大小，可是人像上，細如毛髮，也清楚無比，一一可數，人像的神情，更是呼之欲出。

那是三個神態、表情各有不同的美麗女性的頭像。

我一看之下，簡直如同電殛，想開口叫白素，竟至於發不出聲音來。

而我的視線，也定在這三個美人的頭像上，再也難以移開分毫。

那三個美人頭像雖然是靜止不動的，可是視線一與之接觸，所產生的活色生香的感覺，就算是尖端科技、高解像、會活動的電視畫面，也及不上。

更令得我心頭震動的是，這種情景，在我少年時，曾見過一次。

那一次，是在一個被稱為「鬼竹」的物體上看到的——至今我仍然不知那「鬼竹」是甚麼東西——也是一個美麗的女人頭像。據說，面對「鬼竹」，不斷思念一個人，這個人的頭像，就會出現，我曾經假設過，「鬼竹」是一種儀器，能接收人腦活動時所發出的能量，這才會有想甚麼便有甚麼顯現的效果。

如今在我眼前的這三個美人頭像，就有這樣的效果，我在震驚之餘，忽然想到的是，這三個美人頭像，是在「鬼竹」上出現之後，又被打印出來的。

我不知道過了多久，才回過神來，一定下神，就察覺到了白素已來到了我的身邊。

她在我的身邊，可能已經很久了，因為我太入神，所以沒有察覺。

這時，我向她看去，看到她也目不轉睛地盯著那三個美人頭像。我不去打擾她，過了好久，她才深深吸了一口氣：「這是甚麼技術造成的？」

她這個問題，聽來有點怪，但也正道出了頭像令人震驚、感到出類拔萃的原因，因為實在想不通，是在甚麼樣的情形下，會產生如此精美的人像。

我自然無法回答白素的這一問題，我只是道：「顯然不是我們熟悉的攝影！」

白素同意：「當然不是，你看，這……瑪仙，就像是真的在我面前一樣。」

對了，我還沒有說那三個美人是甚麼人。

三個都是絕色美人，兩個我沒有見過，最右邊的那個，我卻十分熟悉，她就是那個女巫之王瑪仙，是原振俠醫生的蜜友，為了拯救愛神星，離開了地球——就是她，把原振俠放進了太空囊中送回地球來，可是卻令得原振俠不知所終。

確如白素所說，瑪仙就像是活生生地站在我們面前一樣，活的一樣！

我也深吸了一口氣，指著最左首的那一個美女。那美女英氣勃勃，眉目之間，竟有一股霸道，雙眼的眼神，也是少溫柔多剛毅，一望而知，她胸懷大志，大具野心，不是一個尋常的麗人。

我望了白素一眼，白素壓低了聲音，語調很是肯定：「黃絹。」

黃絹曾經權傾一時，可以代表整個阿拉伯世界發言，但最後認識到了真正的愛情，和白化星人遠走高飛，放下了在地球上她曾經不惜一切代價爭取的名利和權力。她和原振俠醫生之間，有愛有恨，有著數不清的糾纏，她的離去，曾使原振俠醫生有極度的失落！

一個是黃絹，一個是瑪仙。

在中間的那個，一雙眼睛，水靈靈地動人，可是卻透著刻意隱藏，但是又難以隱藏的幽怨，她動人的雙唇，像是有不知多少心事想找人傾訴，可是在芸芸眾生之中，卻又找不到對象，所以在她秀麗的臉上，就泛著淡淡的落寞，使她看來，更是楚楚動人。

這一次，我完全不必徵求白素的同意，就可以知道這個美麗而又心事重重的美人是海棠，一個由強權自小訓練出來的「人形工具」。

海棠也和原振俠醫生有過許多纏綿的故事，結果，她通過了艱難的改造過程，從一個地球人，變成了外星人。

黃絹、海棠和瑪仙，這三個女人，都和原振俠醫生，有著極密切的關係。波斯人倫三德把三人的頭像送來給我，是甚麼意思呢？他想傳達甚麼訊息呢？

我第一個想到的是，一直在他口中提到的「原振俠」，就是我們熟悉的原振俠醫生——雖然隨便怎麼設想，也難以把他們兩人拉在一起，但確然兩個人是同一人，並不是同名同姓。

我甚至可以很肯定地說，這三個美人頭像，並不是倫三德的東西，而原來是屬於原振俠所有，不知如何，落到了倫三德的手中。

我眉心打結，剎那之間聯想到的，白素當然也想到了，她突然提醒我：「翻過來看看！」

由於那紙卷看來近乎半透明，所以我一點也沒有想到背面也可能有東西。給白素一提醒，我翻過來一看，就看到有兩行極淡的字跡，白素湊了過來一起看。那兩行字寫的是：

「天地之間，真有她們？

天地之間，真曾有我？」

我不由自主，發出了一下呻吟聲——這兩行字所寫的，玄之又玄，一時之間，不知是甚麼意思。但是那一手行書，卻一眼就可以認出，百分之一百，是原振俠醫生的筆跡，絕錯不了！

我呆了好一會，才聽得白素道：「這事情有點不可思議，原醫生入了甚麼魔，竟會懷疑自己的存在？」

我吸了一口氣：「他的思想一直很古怪，若是……若是……處在一個奇特的環境之中，自然會容易產生虛無的想法。」

白素顯然和我一樣，心中也迷惑之至，所以她自顧自道：「這三個人像，是甚麼力量的傑作？」

她不說「甚麼人的傑作」，而說「甚麼力量的傑作」，當然是看出這樣精美的人像呈現方法，不是人力所能達到的緣故。

我又吸了一口氣：「那波斯人說，他會慢慢地把他和原振俠之間的事告訴我，這算是他的開始？」

波斯人倫三德確曾這樣說過，當時，還惹得我很是生氣——他要是用這種方法，每次由鷹帶一點消息來，不知何年何月，才能把事情說得明白——也許永遠都說不明白，他就曾說，事情如真如幻，他甚至懷疑事情的真實性。

接下來好幾天，我和白素作了種種假設，但是都不得要領。由於瑪仙是陶啟泉的義女，我便把人像拿去給陶啟泉看。

陶啟泉看了，也嘆為觀止，他道：「真像瑪仙站在我面前一樣——她上次走的時候，曾說會努力在宇宙中找原振俠，也會在可能的情況之下，回地球來看看他是否已經回來，等她再來時，我一定告訴她，這可能是尋找原振俠的一個重要線索！」

我同意他的說法，而且，我知道，瑪仙必然能解釋是甚麼力量的傑作（誰知道，我一回到了家中，看到了紅綾在逗鷹，我把人像拿出來給她一看，她就解答了人像何以如此出色的原因）。

且說我告辭時，陶啟泉告訴我：「我才和勒曼醫院聯絡過，他們說有事要找你。」

我立時道：「好，我回去就和他們聯絡。」

我和勒曼醫院，有好些事懸而未決，一時之間，也不知道他們是為了哪一樁事找我。

回到家，看到了紅綾，才想起這幾天，一直為作出各種假設而頭昏腦脹，沒有對紅綾說起這件事，就叫住了她，給她看人像，並且告訴她：「是鷹兒帶來的。」

紅綾看了之後，讚嘆：「這三個人真好看！」

然後，她竟主動問我：「爸，你可知道為甚麼這三個人看起來，像活的一樣？」

我大是驚喜：「我不知道，你知道？」

紅綾很是高興——這是孩子的正常反應。她指著人像道：「這種畫，經過特殊的處理——嗯，處理的過程很複雜，不必詳細說。在經過了處理之後，它具有一種能量，這種能量，可以影響人腦部的活動，使看到它的人，產生如同見到真人一樣的效果。」

紅綾說得十分認真，我也完全聽得懂她說的話，可是我還是呆了好一會，說不出話來。

紅綾有點著急：「你不相信？」

我忙道：「不！不！我相信，相信正是由於它有影響人腦部活動的能力，所以才會產生這樣了不起的效果。因為太不可思議了，所以才發呆。」

紅綾又道：「這種物質——就是用來形成人像的物質，地球上也有，只是還沒有被發現，將來一定會被普遍採用，那時，地球人的生活，就會美好很多。」

白素在這時走了過來，接口道：「把這種物質加在書上，每一本書就變成合乎讀者的心意；用在衣服上，就可以使人人都感到這件衣服美麗無比，餘此類推，甚至可使食物變得美味，對不對？」

紅綾拍手跳躍：「正是如此！」

她們母女兩人，説得高興，我卻總覺得大是不對勁，我一面搖手，一面叫：「喂，等一等！這……不是很對頭吧，要是普遍使用這種物質，去影響人腦部的活動，把甚麼東西都變得美麗無比——可是那並不是真正的美好，只是令人感到美好而已！」

白素和紅綾一起望向我：「那有甚麼不對？」

我揮著手：「那不是真正的美好，只是讓人感到那是美好罷了。」

白素揚眉：「感到是美好，和真正的美好，是完全一樣的。」

我呆了一呆，對白素的說法，一時之間，提不出反駁來，而且，在經過了深思熟慮之後，也想不出反駁的話來。

的確，甚麼叫「真正的美好」呢？所謂美好，從頭到尾，都只是人的感覺，只要人感到那是美的、是好的，還有甚麼「真正的美好」和「虛幻的美好」？

一切都決定於人的感覺！

既然有一種能量，使人感到甚麼都美好，也就一切都美好吧。

可是，我還是感到不對勁，因為這樣一來，不是和每一個人都服食了迷幻藥一樣，都把虛假的變成真的了嗎？

在若干天之後，我還是忍不住把這個問題提了出來。白素的意見，大具「禪」味，她道：「本來一切都是空的啊，單看你怎麼想，你摸上去感到是光滑的，那東西就是光滑的，你不用理會它原來是怎樣的。」

我還是無法反駁，但仍然搖著頭。

對這個問題理論上的討論難以繼續，我提出了實在的問題：「地球人要到將來才會使用這種物質，那麼，這人像不是地球人的作品了？」

紅綾應聲道：「當然不是，而且，它也不是畫出來的，是一種儀器，接收了人腦活動的能量，轉化出來的。」

我陡地一怔，瞪大了眼，望著紅綾，心中不斷地在叫著：「鬼竹！鬼竹！」

我之所以沒有叫出聲來，是因為我知道這種接收腦能量的儀器，實際上不是叫「鬼竹」，它曾出現過，在我少年時，我見過在這儀器上泛現的人像——在一見到那三個人像時，我就想起它！

如今紅綾又這樣說，那證明我的想法很對！

就是那種儀器，至少也是同類。這種儀器，屬於外星人所有。「鬼竹」的主人，那種外星人，曾和我有過溝通，他們甚至委託我去尋找一個人——「我的師父」。但多少年來，我一直沒有完成委託，也不曾再和他們有過接觸。

在我面前的三個人像，是不是和那種外星人有關連呢？

剎那之間，千頭萬緒，一起湧了上來，我的神情，也有點怔呆。

紅綾卻誤以為我還在為剛才的問題煩惱，她道：「爸，化學物質能刺激人腦活動，使人產生各種感覺，那是很普通的現象啊！」

我思緒很亂，所以漫聲以應。她又道：「譬如說，氯和鈉的化合物，就能使人感覺到鹹味，一點也不奇怪，是不是？」

我略定了定神——人的味覺器官，一接觸到了鹽（氯和鈉的化合物），就有鹹的感覺，確然太尋常了，可那也確然是化學物質使人產生感覺的例子！

我接受了紅綾的解釋，再問她：「那種儀器，你知道屬誰所有？」

紅綾道：「很多外星人都有。」

（二）思想儀

我進一步問：「例如——」

紅綾道：「媽媽的媽媽他們也有，我在極短時間內，獲得大量知識，也是利用了有能量的物質刺激我腦部活動的結果。這類物質都有放射性，人類對它有恐懼感，還未曾到開發它們的時候。」

我有點發怔，竭力去設想這種「能量」被大量開發使用之後的情形，可是卻又覺得難以設想。

紅綾看著我的樣子，笑了起來：「別擔心，到了將來，地球人自然會適應那樣的生活。」

我吸了一口氣，作了一個手勢，表示接受了她的解釋，我指著這三個人像：「這三個美女，都是你經常聽我們提起的原振俠醫生的蜜友。」

幾乎甚麼都懂的紅綾，對於「蜜友」這個名詞，不是很明白，而且她顯然對這種關係，沒有甚麼興趣，所以一轉眼，就跳著出去了。

白素忽然道：「我想這是一個開始。」

我揚了揚眉：「波斯人設法在告訴我們，他和原振俠之間的關係？」

白素點頭：「那鷹兒每次探望他，恐怕都會帶一點資料回來。」

當時，我也認為是這樣，但是那鷹又來去了三四次，每次都沒有甚麼新的東西帶來。有一次，我寫了一封信，給鷹兒帶去給倫三德，說明我對這三個人像的看法，我知道那一定會吸引他，我也問他是在甚麼情形下得到那三個人像的，同時也告訴他，那肯定是原振俠曾擁有的東西。我以為一定會有回信，可是一樣令我失望。

由於很久沒有新的發展，所以這件事，就這樣乾擱在那裡。

在這段日子中，我自然另外有事在忙著，主要的就是和勒曼醫院的接觸。

在陶啟泉那裡，知道了勒曼醫院有事要找我，我立刻和他們聯絡。

這次，接聽那個專線電話的是一個嬌滴滴的聲音：「是的，衞斯理先生，醫院方面會派一個人去見你。」

我問：「為了甚麼？」

那聲音顯得很遺憾：「對不起，我不知道——你知道我們醫院的性質，各個部門，並不貫通。」

我只好道：「好，我恭候來人光臨。」

勒曼醫院之古怪，熟悉我故事的，一定早已知道。我認為在地球上，對地球人生命的奧秘，研究和掌握得最透徹的，就是勒曼醫院中那一群來自宇宙各處，也包括了優秀地球人的研究者了。

他們實實在在的研究成果，都可以應用在對人類生命的實際用途上，比起宗教性的對生命奧秘的探索，還處於一種朦朧的境界，大不相同。

所以，我對他們十分尊敬，說是「恭候」，真的是有恭敬的心情。

第二天，那人就到了。那是一個看來外貌普通之極的中年人，這樣的一個人，就算見過他八次，第九次也未必會認出他來。

要不是他一見面就自稱是勒曼醫院來的，我也不會認為他是我在等的人。

我請他進屋子，恰好紅綾自樓上，像一陣風一樣，捲了下來。

那麼外貌平凡的一個人，一見了紅綾，突然雙眼之中，神光迸射——眼神是十分奇特的一種現象，這人的外貌，一點也沒有改變，但是雙眼之中，一有了神采，整個人也就變得神采飛揚，前後判若兩人。

他盯住了紅綾看，神情也變得十分訝異。我知道，自勒曼醫院來的，全是非同小可的人物，所以很注意他看到了紅綾之後的反應。

紅綾一下了樓，一揚手，她肩上的鷹兒，先飛了起來，她向我略一揮手，也緊跟了出去，行動迅速，一下子就出了屋子。

我再去看來人時，只見他已回復了原來的樣子，可見剛才的神態，是由於意外而顯現出來的。

他也看到我在注意他的神態，略有不好意思，向門外指了一指，道：「剛才那位是——」

我道：「是小女。」

來人一聽，樣子古怪，驚訝莫名，一副難以相信的神氣，我不禁感到好笑：「怎麼，有甚麼不對？」

那人道：「他們告訴我，你和尊夫人都是地球人。」

我笑：「怎麼，我女兒看來，不像地球人？」

那人神情遲疑：「她的腦部活動所產生的能量……或許，地球人中也有例外，真是的……可是不應該有這樣的情形出現……」

他說得支吾之至，我哈哈大笑了起來，他錯愕地看著我，我一面請他進書房，一面用最簡單的方式，向他說了紅綾的情形。

紅綾的經歷，奇特之至，即使是來自勒曼醫院的人，也為之嘖嘖稱奇：「難怪她的腦活動能量，是地球人的千倍以上！」

我趁機道：「和閣下比較如何？」

他沒有回答，只是打了幾個「哈哈」。

從他的這種態度，我可以肯定這傢伙不是地球人。如今他的外型，只不過是為了方便在地球上活動而設的。反正勒曼醫院中有的是地球人的身體，隨便找上一具就可以了，他原來的外型，不知道是甚麼形狀！

反正我也不是第一次和外星人打交道，所以他打哈哈，我也跟著一笑：「不知閣下前來，有何貴幹？」

那人見我忽然客氣起來，有點不好意思，伸出手來，和他握手時，他自我介紹：「我叫狄可。」

我笑：「是在地球上使用的名字？」

狄可笑了一下：「在任何地方，名字都只是一個代號而已——」

他說到這裡，忽然長嘆了一聲，我不禁大是訝異，他立刻解釋：「若是地球人都像你，那就好了，明知我是異類，一點也不大驚小怪。」

我笑：「見得多了，自然習慣，第一次有這種經歷時，也不是不吃驚的！」

他再嘆息：「地球人不但對外星人驚恐，連地球人相互之間，也因為外型或生活方式的些微差異，而勢同水火，不能互容！」

我也跟著嘆息：「這是地球高級生命的悲劇，也是文明停滯不前的原因。」

狄可默然無語，我看得出他還有許多話要說，可是我卻無意和他再討論地球人這個致命的劣根性——那很令人傷心。

所以我又道：「你來的原因是——」

狄可「哦」地一聲：「我們受一個人的委託，要找一個人——」

他用這樣的話來開始他前來的目的，自然聽得我莫名其妙。他不好意思地笑：「愛神星向全宇宙發出了要求幫助的訊息，找一個人——」

我失聲道：「原振俠！」

狄可點頭：「對，就是這個名字，我們和愛神星的交往，有十分久遠的歷史，所以十分重視這個求助的訊息。」

我吸了一口氣：「愛神星人極其可愛，真可惜他們的星球，遭到了如此巨大的不幸。」

狄可雙眉一揚：「其實，星球也是一種生命，有誕生，就必然有滅亡，任何星體，都不能例外，像愛神星那樣的情形，已經算是好的了！」

這一番話，令我在吃驚之餘，又想起波斯人的「高山有生命」論——那何足為奇，整個星體，乃至整個宇宙，也都是生命！

狄可看出我有點精神恍惚，所以他等了一會才繼續：「我到了勒曼醫院之後，才知道原振俠這個人，和醫院有過一段淵源，他有相當詳盡的資料留在醫院的記錄之中。」

我斟了兩杯酒，給了狄可一杯，他並不拒絕，反倒道：「地球上偉大的液體！」接著一乾而盡。

我知道原振俠和勒曼醫院發生關係的那一段經歷，這段經歷之中，包含了一個迴腸盪氣，極其感人的愛情故事。原振俠古道熱腸，為了朋友，捨卻了原來的身體，靈魂和好友共赴「幽靈星座」，脫險歸來之後，再進入勒曼醫院為他複製的身體之中。

這種驚心動魄的經歷，自然會在醫院的記錄上留下詳盡的資料。

狄可望著我：「你知道在原振俠身上發生的事？」

我點頭：「是——不過，他赴幽靈星座的經過，我並不知情，他沒有對任何人説過。」

狄可搖著空杯子，我立刻為他再斟滿，這一次，他慢慢地喝著：「有一些資料，落在我們手中，對於尋找他，很有幫助。」

我苦笑，因為根據瑪仙的説法，原振俠不知飄遊到宇宙的哪一角落，時空交錯，在立體，甚至是超立體的空間之中，憑甚麼資料，可以把他找出來？

我的疑惑反映在臉上，狄可道：「最有用的資料，是他的記憶組的能量頻率，醫院方面有詳細的記錄。」

我為之動容——所謂「記憶組」，就是俗稱人的靈魂。原振俠的記憶組，曾和身體分離，我忽發奇想，若是找不回原振俠，那麼把他的「記憶組」找回來，再配上一個身體，也就等於把他找回來了！

一想到這一點，我大是興奮，立刻把我的想法，說了出來。

狄可鼓掌：「你真了不起，我的設想，正是這樣，我們有一組十分特別的儀器，對高級生物的記憶組的能量頻率，極其敏感，你可知道這『能量頻率』是怎麼一回事？」

我照實道：「不知道，我第一次聽到這個名詞。」

狄可道：「每一個高級生物的記憶組，都有一個不同的頻率，嗯……如果用數學來表達，地球人是二十六位數，通過儀器，把頻率固定，如果這個人在太陽系之內，一下子就可以確定在何處，在銀河系之內，也可以確定他所在的方向。」

我聽得目定口呆，連喝了幾口酒，才道：「那麼，知道原振俠在何處了？」

狄可的回答是：「不知道！」

我有一陣昏眩之感：「那表示他甚至不在銀河系之中？他在——」

我在一開始說的時候，語氣十分驚訝，但是隨即恢復了常態。

因為我想到，對一個地球人來說，銀河系已是不可超越的天體。但是在整個宇宙之中，銀河系只不過是一個微小的組成部分，不在銀河系之中，就不值得大驚小怪，眼前這個狄可，他十之八九，就來自銀河系之外。

但是狄可的回答，還是使我感到意外，他道：「也不能肯定那麼說。銀河系的範圍，只是一個平面，如果再加上時間的差異，那就成了立體，要找他就複雜得多了。」

我想了一想，我想我明白了狄可的意思，他是說：如果原振俠是在現在的銀河系之中，他可以找到他，但如果原振俠不在現在的銀河系，而是到了過去，或是到了未來，那麼，即使他在地球上，要找到他，也就得通過另外的複雜程序了。

我點了點頭，表示明白，直到此時，我仍然不知他來訪的目的，所以我又提了出來。

這次狄可，有了切實的回答：「我需要有關他的更多的資料，你和他熟，應該可以提供。」

我反問：「要哪方面的資料？」

狄可道：「任何方面，未必都有用，但可能有些會極有用。」

我心中一動：「他有一段很古怪的經歷——應該說，有一個人，有一段十分古怪的經歷，可能和他有關。」

狄可揚眉：「請說！」

波斯人倫三德和原振俠之間的關係，正令我十分困惑，狄可有非凡的本領，他或者可以揭開這個謎團。

所以我就從倫三德對「原振俠」這個名字的敏感說起，說了他和原振俠之間，「疑真疑幻」的情形，以及他對大山有生命的設想。

狄可一開始就聽得十分用心——他是一個很好的聽眾，不打斷話頭，全神貫注地聽。

等他聽到倫三德帶來了三個人像時，他才動容：「那些人像呢？」

他問得很是焦切，顯示他對這件事，極之關心。我不知道是甚麼原因，拉開抽屜，就把那卷薄紙取了出來。這些時間來，我一有空就在看那三個人像，薄紙也早已被我撫平了。

狄可一看到，行動竟大是失態，他一下子撲了過來，撞倒了一瓶酒，還好我眼明手快，一伸手抓住了酒瓶，他身子一個搖晃，還沒有站穩，卻又一下子在我手中，把那瓶酒搶了過去，仰起脖子，倒了小半瓶進口。

我看得目定口呆，只好故作幽默：「我以為喝酒只是地球人的壞習慣！」

狄可伸手抹了抹口：「我們來之前，把地球人的生活習慣，編成程式，輸入腦部，所以反應和地球人是一模一樣的！」

我點頭：「那麼，是甚麼令你吃驚或感到刺激了？」

狄可指著那三個人像，一時之間，一句話也說不出來。我道：「她們的名字是黃絹、海棠和瑪仙，是原振俠生命之中，三個重要的異性。」

狄可指著瑪仙：「她和愛神星人在一起，委託尋找原振俠，由她出面向全宇宙呼籲。」

我又告訴了他主要的原振俠和瑪仙之間的關係，以及他們之間發生過的一些事。看到狄可已漸漸鎮定了下來，才住了口。

狄可道：「這畫像，是經特殊技術處理而成的，其中有人的記憶在，那種能量，能影響人腦的活動，所以看起來活龍活現。」

我吸了一口氣——他說的，和紅綾所說的，完全一樣。他又道：「這種特殊的技術，只有我們發展得最完善。要是由我們來面對儀器處理，人像真的會活動，甚至還會出聲。」

我揚了揚眉：「這好像沒有甚麼稀奇，地球上的攝影術、錄影技術，也可以做到這一點。」

狄可搖頭：「大不相同，這是腦能量活動的結果，能根據腦能量的活動，隨意變化，如同真人相對。那本來是為了我們的宇宙飛行員長期航行，思念親人而設的。」

我嘆了一聲，那當然不是錄影技術所能比擬的了。

我問：「你既然對這如此熟悉，何以一看之下，還如此吃驚？」

狄可略為遲疑了一下，才道：「這種儀器的製造過程，極其複雜，而且是我們的獨特之秘，其中接收腦活動能量的裝置，可以起到許多作用——」

我插言：「例如輕而易舉，就可以知道他人在想些甚麼？」

狄可神情認真，點了點頭。

我默然——因為這儀器，有了這樣的功能，就能達到一些不可告人的目的，例如把它放在華盛頓的白宮，那麼，美國自總統以下的所有高級官員，在想些甚麼，也就不成為秘密了。

我難以設想星際秘密情報搜集的情況，單是地球上，已不知有多少人千方百計地想知道另一人怎麼想，那種儀器對他們來說，也就是無價之寶！

而且，有了這種儀器相助，狄可他們，在宇宙航行，所到之處，自然無往而不利，因為他們能知道別人在想甚麼，那當然容易應付之至！

這儀器有這樣的功能，堪稱是寶物了，幾乎可以利用它來作任何用途，包括刺探一切秘密——我之所以默然，就是因為想到了那一點，因為那不是光明正大的行為。

狄可也知道我何以默然，他道：「星際來往，最大的障礙，是彼此之間的陌生。陌生造成隔閡、造成猜疑、造成敵意、造成誤會，許多悲劇，因之產生。地球人一直在害怕外星人入侵，就是明證。」

我知道他想說甚麼：「有了這種儀器，你們便可以輕而易舉知道別人在想甚麼，就容易溝通了？」

狄可大點其頭，我冷冷地道：「可是，那是你們獨得之秘，別人無法知道你們在想些甚麼！」

他並不否認這一點：「是的，星際交往，始終還沒有到達完全坦誠相對的地步，各個星體，都有自己的獨特之秘。重要的是我們絕沒有傷害他人之心。」

我嘆了一聲──這一切，對地球人來說，是太遙遠的事了。

我又重覆問題：「你何以會吃驚？」

狄可道：「這種儀器，我們稱之為思想儀，在我們來說，也珍貴之極，在若干年前，有一具突然遺失了，這在我們來說，是一件大事，多少年來，我們一直想把它找回來，可是一直下落不明！」

我聽得大奇：「遺失在地球上？」

狄可神情遲疑：「不能肯定，一組宇宙飛行員，帶著編號第二十九的思想儀，在出發之後的第七十天，就失去了聯絡。」

我追問：「這『七十天』是——」

狄可道：「當然是我們的時間，用地球上的時間觀念來說，大約是三年，這樣的航行時間，應該已經入了地球所在的銀河系。」

我苦笑：「銀河系中，有超過十億星體，這思想儀流落在地球上的可能，是十億分之一。」

狄可道：「現在你該知道我何以吃驚了吧！」

我明白了，但是由於我也感到了吃驚，所以我要好好定一定神，才能令思緒恢復正常。

思想儀流落在地球的可能性，只是十億分之一，但是，這十億分之一的機會，卻成了事實！

若思想儀不是在地球上，就不會有那三幅人像在地球上出現。

思想儀一定也曾和原振俠醫生發生過接觸，不然，也不會有這三幅人像的出現。

使人思緒紊亂的是，原振俠是在甚麼時間、甚麼情形之下，和思想儀發生接觸的呢？

時間，大致可以推測至少是在他和瑪仙已成為情侶之後，那麼，是不是在他失蹤之後呢？他「失蹤」，沒有人知道他到了何處，只推測他不知在宇宙的哪一個角落飄流，但現在看來，他大有可能，身在地球！不然，那三個人像，如何會落在倫三德的手中？

雖然事情怪異莫名，令人思緒紊亂，但還是立刻可以肯定一點：和波斯人倫三德聯絡，十分重要──問他是如何得到那些人像的。

另外還有更令人紊亂的情況是，狄可口中的思想儀，是不是我少年時期曾見過的「鬼竹」？

這一點，也是十分重要，因為，我不但見過「鬼竹」，而且，和「鬼竹」的主人，被我當時以為是「天兵天將」的神奇力量接觸過，他們還委託了我去找我的師父！

據狄可說，當年，那編號第二十九的思想儀，是和他們的一組宇宙航行員同時失蹤的。如果「鬼竹」就是思想儀，那麼，不但有了失物和線索，也有了失蹤人員的線索！

我由於心情緊張，聲音也有點僵硬：「那思想儀……的外型，是怎麼樣的？」狄可以一種十分疑惑的神情望著我，他是在奇怪我何以會有此一問。我忙道：「我少年時見過一樣怪東西，會根據人的思念，而現出被思念的人的人像，活龍活現，一如這三個人像。」

（三）時間的單向式和多向式

狄可聽了，一面搖頭，表示那是沒有可能的事，一面又問：「你所說的那個怪東西，外型又如何？」

我心想，他對思想儀十分看重，不肯多說，那就由我說給他聽，也是一樣。所以，我把那「鬼竹」的外型，詳細說了出來。

狄可的反應，當真和地球人一樣，只見他面色逐漸蒼白，氣息也粗了起來。再聽下去，他不住搖頭，而且喃喃自語。

我略停了一下，想聽聽他在說些甚麼，但居然無法聽得明白，他顯然是在激動的心情之下，自然而然，用上了他自己星球上的語言了。

等我把少年時的經歷說完——說到了我師父夜夜對著那儀器呆立相思，儀器上終於現出了他日思夜想的倩影時，狄可失聲叫了起來：「不可能！不可能！」

我有點不快：「我所說的每一個字，都是我親身的經歷，那東西給我師父帶走了，我還接觸過一種力量，委託我找尋師父，看來，那種力量是要得回那東西。」

當我這樣說的時候，狄可簡直是團團亂轉，最後，他頹然坐了下來。

我問他：「怎麼樣，我說的那東西，是不是就是你們的思想儀？」

狄可先是點頭，但立即又搖頭，他嘆了幾聲：「該怎麼說呢？你說的那東西，肯定是思想儀的一個部件，是其中的一部分。思想儀竟然被……被拆了開來，這……怎麼可能？」

在他的觀念之中，那「思想儀」珍貴無比，絕無可能給拆開來的。他的想法鑽了牛角尖，不一定是拆開來，在意外之中，遭到了損壞，散成了若干部件，也是大有可能的事情。

我立即把我的想法提了出來，狄可發了一陣子呆，才道：「意外？」

我道：「是的，宇宙航行，一定會有各種各樣的意外，任何儀器，也都有損壞的可能。」

狄可低頭想了一會，再用很是疑惑的眼光望著我：「我們的第二十九組宇宙航行員，是在地球上遭到了意外？」

我道：「有這個可能。」

狄可在設想、推理方面的能力，不是很強，他求我：「你能設想一下大致的情景？」

我感到可笑，也感到有趣，我先提出：「那我需要你們第二十九組宇航員的較詳細資料。」

狄可略為猶豫了一下：「好的，每一組宇航員都一樣，一共有四個人，配備各種儀器和子母宇航飛船——其中最重要的是思想儀。」

我示意他再說下去，他有點不願意，但還是說了：「這是一種沒有固定目的地的航行，經過任何星體，如果認為有留下來的價值，就停留下來，進行活動。」

我有點不客氣：「進行甚麼性質的活動？」

他也不是很高興，指了指他自己：「像我，在勒曼醫院工作，你認為那是甚麼性質的活動？」

我無話可說——他在勒曼醫院工作，自然是對地球人有幫助的活動，他的回答，使我覺得，自己若對他再存有敵意，很不應該。

可是我一想到對方竟然可以有儀器知道我在想甚麼時，心中總不免有點不自在。

我問道：「你剛才說你到地球來之前，曾把地球人的生活方式輸入腦部，這話很有矛盾，因為你的航行，並無目的地，事先不知道會來到地球。」

狄可點頭：「是，到了地球之後，認為值得留下來，這才進行輸入！」

我悶哼一聲：「你們備有天體內所有星球的資料？」

狄可用一種很奇怪的眼光望著我：「你忘了我們有『思想儀』嗎？」

我「啊」地一聲，伸手在自己的頭上拍了一下。我在問剛才那個問題時，確然沒有想到這一點。也就在聽了他的反問之後，我更知道那思想儀是多麼珍貴，和多麼有用了，難怪他們如此重視！

他們在茫茫的宇宙中飛行，到達了一個他們認為值得留下來的星體。本來，宇宙航行最大的困難是，對一個陌生的星體，一無所知。

在一無所知的情形下，要展開活動，不知要經歷甚麼樣的困難。

但是對他們來說，那卻全然不成問題，因為他們有思想儀，通過儀器，他們可以立刻知道這個星體上高級生物的想法，可以獲得一切資料，可以立即變得對這個星體熟悉無比，可以毫無困難地輸入該星體的生活方式，然後溶入這個星體的生活之中！

以地球為例，他們不但可以了解現存的地球人的思想，甚至可以獲得過去的人的思想——只要他們能捕捉到過去的人的記憶組！

那思想儀是星際探索的無價之寶！

我在想到一連串那思想儀的用處之際，神情一定古怪之極，可能大有想據為己有的貪婪神色。狄可忽然嘆了一聲：「地球人……將來或許會有，但那是……相當久遠的將來。」

我苦笑了一下，想他再多說一些，他卻攤了攤手，表示沒有甚麼可說的了。

回應他剛才的問題，我道：「假設很簡單，也很老套，你們第二十九組宇航員，在降落時失事犧牲，儀器流落在地球上，地球人根本不知那是甚麼，就把它拆散了！」

狄可眨著眼：「失事犧牲，是甚麼意思？」

我再作解釋：「那只是假設，那一組飛行員在飛船出事時死了！」

狄可搖頭輕笑，說來輕描淡寫，但是他說的話，卻令我心跳不已。他道：「這假設不成立——我們的飛行員，不會死亡！」

令我心跳的原因是，我聽出了他的話，並不是說他們的飛行員「沒有死」，而是「不會死」——他們的生命形式之中，顯然也沒有了死亡這種現象。

我苦笑：「那我就無法有別的假設了！」

狄可皺著眉：「照說，他們必然盡一切力量，在任何情形之下，都盡力保護思想儀，決無任由它的一個部件失落之理。」

我嚥了一口酒：「你們不會死，會不會有可能，由於變故實在太劇烈，以致暫時失去了知覺，或是失去了活動能力？」

狄可一味搖頭：「不會，我們在作宇宙航行時……」

他說了一句之後，又吞吐起來，我冷笑：「你只管說好了，甚麼形式的宇宙航行，我都見識過——有的甚至只是一束思想波，甚麼形體也沒有。」

狄可吸了一口氣：「我們的情形也類似，根本沒有形體，如何會受傷？」

我不同意：「別說得那麼肯定，思想波，也會有受干擾的時候！」

狄可這次不再搖頭，只是眉心打結，我再次提出假設：「如果是一次猛烈無比的撞擊，整個飛船解體，思想儀自然也難以保存！」

狄可呆了片刻，再點頭。

我又道：「可能還有猛烈的爆炸，把思想儀的部件，炸到了距離很遠的所在！」

狄可又搖頭：「不論多遠，他們都可以知道在甚麼地方，並把它找回來。」

我啼笑皆非：「總之，若有了意外，才會如此，至於是甚麼意外，我當然也說不上來。」

狄可忽然定定地望著我：「我來的時候，醫院中有幾個同事提起過你！」

我微笑：「是，在勒曼醫院中，我有幾個好朋友，甚至還撮合了其中一位醫生和一個唐朝美女的婚姻。」

狄可深深地吸了一口氣：「地球人之中，說是再也沒有比你更出色，更有探索精神的了！」

我「哈哈」大笑：「千萬別那麼說，地球人之中，有的是能人，有一個已作古人的，唸起咒語來，竟能令上億人跟著他瘋狂，令幾千萬人死亡，那才真了不起——你對我有甚麼要求，只管說！」

狄可有點尷尬：「你怎麼知道我有所求？」

我笑：「你忽然對我大大恭維，所謂禮下於人，必有所求，還有甚麼不明白的。」

我心中在想，還有一句，叫「巧言令色鮮矣仁」，我沒說出來，那是客氣，諒你也不會隨身帶著思想儀，無法知道我的「腹誹」。

狄可搓著手：「幫我找出這組宇航員來——尋找他們，也是我的宇宙航行的任務之一！」

他把要求說得如此直截了當，我不禁呆了片刻，才道：「你把我的能力估計得太高了，我怎麼能找出不知何年何月，不知出了甚麼事的外星宇航員來？」

狄可卻堅持：「只要你肯答應，慢慢去做，又不限時間，總可以成功的！」

我搖頭：「我不相信『有志者事竟成』這種話，也不想答應了你之後，甚麼也不做。」

狄可吸了一口氣：「事實上，你和他們曾有過接觸——他們曾託你找你的師父！」

我怔了一怔，這樁少年時發生的事，雖然一直未曾忘記，但我的師父影蹤全無，我也沒有和委託者聯絡。何況，當年的「接觸」，和我如今和狄可面對面的交談，大不相同，一切都如夢似幻，只是感到有人在和我交談，甚至沒有聽到過任何聲音。

事隔那麼多年，我如何再聯絡「他們」？

狄可還在堅持：「他們告訴你的聯絡方法是，只要你想他們，這正是我們的所長，接收人的腦活動能量！」

我道：「那又何必要我這個中間人呢？你想他們，把你的腦電波放出去，讓他們去接收好了！」

狄可苦笑：「我相信他們早已接收到了我的訊息，只是不知道由於甚麼原因，他們不肯和我聯絡。」

我攤手：「真對不起，我沒有能力介入你們外星人的糾紛之中，老實說，作為地球人，能力和你們相比，相去太遠了！」

狄可道：「或許是，但是腦功能的最主要部分——想像力，地球人在宇宙的高級生物之中，絕不比他人遜色。」

我依然拒絕：「單靠想像力，難以找出你的同伴來。」

狄可搓著手，不知該如何才好——這樣被一個外星人懇求幫助，對我來說，並不是第一次了，在我的經歷之中，有很多次這樣的情形。

現在，我也不是不想幫助他，而是根本不知如何著手才好。偏偏狄可的神情，又如此焦切，這就更引起了我的疑惑。

我順口問了一句：「這第二十九組宇航員，失去聯絡有多久了？」

狄可道：「很久了，以地球時間來說，很久了！」

我沒好氣：「究竟多久？」

狄可望著我，神情似有難言之隱，就是他這種吞吐閃爍的態度，令我不快，我用力一揮手，幾乎要下逐客令了。狄可也看出了我面色不善，所以他嘆了一聲：

「我不是不想說，而是地球上對時間的觀念，是單向式的，所以我難以說得明白。」

他的話中，大有「夏蟲不可以語冰」的語氣在，那更令我反感。

而且，我自問接觸過的星際人物甚多，連截然不同的生命形式也有好幾種，可是甚麼「時間觀念是單向式的」這種話，也還是第一次聽到，而且難以理解。

我瞪大了眼睛，也提高了聲音：「甚麼叫單向式？請加以指教。」

狄可向我作了一個手勢，一時之間，也不知是甚麼用意，多半是叫我稍安毋躁：「單向式的時間觀念，是循單一的方向前進的，它的公式是：過去——現在——將來。」

我越聽越糊塗了，就不出聲，等他作進一步的說明。

他皺著眉：「等到現在成了過去，將來就變成現在，又出現了新的將來，永遠是單向前進。」

他說了之後，望著我，神情有點無奈，彷彿是在表示：我只能解釋到這裡，是不是明白，閣下自理。他這種態度雖然很氣人，但也可以看到他神情誠懇。

這時，我也心平氣和了許多，我隱隱感到，我正在接觸一個以前從來未曾接觸過的新問題，或者說，狄可的話，正把我帶進了一個新的知識領域，一種新的對時間的觀念，一種嶄新的境界。

我把狄可的話，好好想了一遍，才問：「難道另有一種時間，是隨著時間，前進到過去，而永遠不能到達將來的？」

狄可把我的話，略想了一想，才道：「你把事情弄混亂了，我的意思是：時間不一定只是單向式的。」

我十分誠心誠意：「請你用我能理解的解釋方法，使我略有概念。」

我知道，地球人既然有自己固有的時間觀念，再想去了解另一種時間觀念，會是極艱難的事，但是我既然知道了地球人在時間觀念上的局限，當然希望能有突破，哪怕是一點點都好。

狄可用力點頭，表示他一定努力，他想了一會，走近書桌，取過紙筆，又想了一會，才道：「時間不一定是單向式，可以是雙向式，更可以是多向式。」

他說著，在紙上點了一點，又在旁邊寫上「過去」，然後，距離幾公分，再點上一點，寫上「現在」。他在「過去」和「現在」之間，聯上一線。

他向我望來：「這是單向式的時間觀念，在平面上進行，過去和現在之間，假設是一千年，很容易領會。」

我點了點頭，確然很容易領會，本來，時間就是這樣子，如果再畫一個點，寫上「將來」，聯線的長短，也就可以代表時間的長短，小學生也能理解。

狄可卻不嫌其煩，再把筆尖自「過去」到「現在」，移動了一遍，口中道：「這代表時間過去了一千年。」

然後，他把筆尖回到了「過去」。

（我把這一段寫得十分詳細，實在是因為狄可的說法，使我感到了極度的疑惑。而且，也確然奇妙無比，使我進入了一個前所未有的新領域。）

（所以，請不要把這一大節當作是無關緊要的細節，若是喜歡思考的朋友，不妨照我敍述的狄可的動作去做，一張紙，一支筆就行，然後去思考。）

狄可把筆尖在「過去」上停了一停，然後，他把筆向上提，提高了幾公分，筆尖仍然對準了「過去」（那個點），然後向我望來。

我不明白那是甚麼意思。

狄可用另一隻手指著「現在」：「如果不是單向式，離開了平面，『現在』向上，到了筆尖的所在，那麼，時間該如何計算？」

我呆了一呆──這是一個我從來也沒有聽到過的奇怪問題。

我想了一想：「如果距離相等，時間仍是一千年。」

狄可搖頭：「不，根本沒有距離，點，還是在這個位置上，只是方向不同了。」

我被困擾得渾身燥熱：「那麼究竟代表了甚麼？」

狄可神情專注：「依你來看，筆尖的那一點，代表了甚麼？」

我盡我所知：「時間既然曾移動，筆尖的那一點，也代表現在。」

狄可點頭：「可是這個『現在』，是多向式的『現在』，它和單向式的『現在』不同，在兩個『現在』之間的，又是甚麼？」

我只覺得腦際嗡嗡作響：「是甚麼？」

狄可嘆了一聲：「我無法令你明白。或許我可以告訴你，那可以被稱為『多元時間』，但是我一樣無法使你明白甚麼是『多元時間』。」

我望了他半晌，肯定他並沒有瞧不起我的意思。我是地球人，生活局限在地球之上，地球繞著太陽轉，又自轉，這就形成了地球人生活之中的時間觀念。對地球人來說，這是獨一無二的時間觀念。

但是，那並不是宇宙之中唯一的時間觀念，除了地球太陽之外，宇宙中還有億億萬萬的星體，在那些星體上，時間的運行方式是怎樣的，地球人連想都無法想——剛才，狄可比劃了好一會，我就是不明白。

我嘆了一聲，並不覺得特別難過，因為地球人局限於地球時間，那是天公地道的事。

狄可卻在安慰我：「若有機會，你經歷了多向時間，你一定會明白的。」

我揮了揮手：「不必去討論這些了，回到本題上來——我無法幫助你。」

狄可很誠懇地道：「我只要求你，照他們當年告訴你的方法，試著和他們聯絡——成功也好，不成功也好，請你試一試！」

對於這種虛無飄渺的事，我還是不想答應。狄可又道：「而且，根據一切跡象來看，愛神星人要找的原振俠，曾和他們有過接觸！」

狄可的這種說法，倒令我怦然心動。

我忙道：「據我所知，原振俠的活動之中，並不包括和甚麼第二十九組宇航員接觸的經歷在內。」

狄可道：「這就是我為甚麼要和你討論多向式時間的原因，原振俠在宇宙飄流時，大有可能，進入了多向式時間的領域，於是在那種情形下，和那組宇航員遇上的——他必然曾與之有接觸，不然，不可能有那三個人像的出現，這是極簡單的推理。」

我吸了一口氣——若是能把原振俠找出來，或至少知道他的遭遇，那甚麼都值得試一試！

我終於點頭答應，但是補充：「我只管試一試，可是我不能保證成功，事情隔了那麼多年——」

我說到這裡，看到了狄可的神情，知道自己又說了不必要的話，所以立時住口——在單向式的時間而已。我少年時的這段經歷，距今已幾十年了。但如果在多向式的時間之中，那是怎麼樣的一種情形？或許是類同昨天，或是上一分鐘發生的事。

狄可見我突然住了口，十分高興：「時間不是問題，主要是看他們肯不肯和你接觸，那『鬼竹』，肯定是思想儀的一個部件，而原振俠——那波斯人說，他想探索高山的生命，是受了原振俠的啟發。」

我皺眉：「他說得很模糊，但是他拿得出原振俠的物件來，證明他們之間，確有過某種程度的接觸。」

狄可道：「我們在研究星體的產生和發展的過程之中，有一派理論，認為每一個星體，都是一種生命形式，有每一個不同生命的不同生存方式。」

我呆了一呆：「你所指的『生命』，是說——」

狄可道：「就是你理解的生命，生命的形式，千變萬化，大到了天體中的星球，小到了一隻蟻，都是生命，形式儘管大不相同，但是生命的規律，完全一致，只要是生命，就脫不了這個規律！」

他說到這裡，望定了我，像是在考一考我，是不是知道「生命的規律」。

我深吸了一口氣：「產生——發展——死亡。」

狄可點頭：「對，只要是生命，就離不開這規律。」

我搖頭：「可是這規律不能反證為凡是合乎這規律的，就是生命！」

狄可攤開手：「為甚麼不能？」

我答不上來——每一個星體都是一個生命，這種想法，又比大山是生命更加宏觀，星體是生命，大山只是星體生命的組成部分。

(四)個人秘密

當然，大的組成部分可能由許多小的組成部分組合而成。那麼，倫三德的探索，還是大有意義。

照狄可的意思來看，像是他認為原振俠在他們的宇航員那裡，得到了這種觀念，然後又傳給了倫三德的。

問題的關鍵在於：原振俠是在甚麼時候、甚麼情形之下遇到外星人的？

這個問題，如果我能和狄可的同類取得聯絡的話，自然可以有答案。

一想到了這一點，我向狄可保證：「我一定盡力而為，一有結果，立即和你聯絡。」

狄可的神情猶豫，欲言又止，我道：「若是要合作做一件事，合作的雙方，必須坦誠相對，若是動不動就吞吞吐吐，多半不會成事！」

我的話不是很客氣，事實上，狄可的態度也確然令人生厭。他紅了紅臉：

「是！是！」

然後，他深深吸了一口氣：「我在假設，他們一定有苦衷，所以才不和我聯絡，若是你和他們有了接觸，他們要求你別告訴我，不知你會怎麼做？」

我呆了一呆：「他們有理由這樣做嗎？」

狄可皺著眉：「我實在想不出何以我無法和他們聯絡，很明顯，他們是有意躲著我。」

我再追問：「他們為甚麼要躲著你？」

狄可道：「我不知道。」

我很是惱怒：「不，你知道！」

狄可也很是煩躁：「唯一的理由，是他們弄壞了思想儀，怕受到追究！」

我大感意外，因為我想不到在外星人中，也存在有「追究責任」這種地球人的行為。

我吸了一口氣：「如果暴露他們，會對他們不利，那我就站在他們那一邊。」

狄可用力揮著手：「你不明白，他們所要做的，只是把這段時間中，發生了甚麼事說出來就可以了！」

我大聲道：「要是他們不願意呢？人人都有權保留自己的秘密！」

狄可用一種十分怪異的目光望著我，像是我剛才的那句話完全不可接受，我把這句話又重覆了一遍，狄可才道：「你錯了，保留個人秘密，那只是地球人的事，我們之間，沒這回事！」

狄可說來很是平靜，可是他的話，卻令我陡然為之大大震動！

我立即想到：對了，他們沒有所謂個人秘密！因為他們早已成功地發明了「思想儀」！有了「思想儀」，任何人的思想，其他人都可以瞭如指掌，哪裡還有甚麼「個人秘密」可言！

在才一聽說有「思想儀」那麼進步的發明時，我曾大大感嘆於外星人的進步，和地球人的落後。可是這時想起來，卻令人不寒而慄，覺得可怖之至——紅綾曾說，若干年之後，人類也會利用這種有放射性的物質，製造出可以接收腦活動能量的儀器來，這一天還是永遠不要來到的好。不然，額手稱慶的，怕只是一小撮野心統治者。

在人類的歷史上，野心統治者為了想弄清楚每一個人的思想，種種手段，無所不用其極，但都未能成功。若是有了思想儀，那他們就得其所哉了！

在這時候，我多少也有點明白狄可何以如此緊張，說話又這樣吞吞吐吐的原因了。

在他們的星體上，所有人之間，絕無個人秘密可言，任何人做了甚麼事，想了些甚麼，其他人都一清二楚。我不清楚他們之間是不是有統治和被統治的關係，但他們既然也習慣了這種「透明的生活方式」，忽然其中有四個人，下落不明，成了神秘人物，不但秘密，甚至連他們的一切行動，其餘人一無所知，那麼，這四個人自然成為異類，非要把他們找出來不可了！

而這種事，狄可他們，可能認為是極不光彩的事，情況一如地球人的集體之中出現了叛徒，所以他也就不能暢所欲言了！

一想到了這些，我也有了主意。

我道：「如果我和他們有了接觸，我一定會尊重他們的意願。」

狄可的面色難看之至：「請你也尊重我們星體的生活方式。」

我提高了聲音：「生活方式可以改變，重要的是個人的意願。」

狄可臉色青白，半晌不作聲，喝了很多悶酒，才道：「總之請你幫忙，對我們來說，這件事相當重要。」

我點頭：「我明白，你們由於彼此之間，沒有個人秘密，所以不容許有人離經叛道。」

狄可吸了一口氣：「你明白就好。」

我忽然長嘆一聲：「據我的猜想，你們未必喜歡這種生活方式！」

狄可聽了之後，呆了一呆，隨即一臉茫然，像是他從來也未曾想到過這個問題。

我又道：「你們這種透明生活方式，不是與生俱來，一定是在思想儀發明之後才形成的！」

狄可聲音遲疑：「也許是……」

我道：「其實很簡單，你們要是不喜歡這種生活方式，只要把所有思想儀全毀去，別再製造，就可以了！」

狄可臉色了白，像是聽了最可怕的話，雙手亂搖：「你在胡說甚麼！我們所有的進步、安定、和諧，全建立在相互的透徹了解上，那是我們的生活的根本——正因為地球人是那樣互相不了解，所以才會有一切的混亂，使地球人在宇宙之中，不能列入——」

他一口氣講到這裡，才發覺失言，陡然住口。

我當然知道他突然剎住了的是甚麼話，我道：「我不會介意，你繼續說下去好了！」

他有點不好意思，委婉地道：「地球人至今為止，還只是到過自己的衛星，星際航行對地球人來說，還是一個遙遠的夢。」

我默然不語，急速地轉著念。

狄可的話是不是可以接受呢？

若是人與人之間，絕無任何秘密，每一個人的心意，都為他人所知，那麼，自然沒有了陰謀詭計，也沒有可能去侵犯他人，因為他一有了這樣的心意，他人就知道了。自然也沒有了紛爭，因為一切都在事前了解得清清楚楚。更沒有了國家、民族的界限，因為大家都一樣了解對方，「思想儀」甚至可以運用在星際的迅速溝通上，何況大家全是地球人。

那麼，地球上的生活環境，自然和如今的混亂大不相同，會是一個極和諧、穩定的環境，在這樣的環境之中，人類文化的發展速度，當然是混亂狀況的百倍、千倍。

但是，那卻要犧牲個人秘密。

個人秘密是不是那麼重要呢？

對如今的地球人來說，自然重要之極。但若是胸懷坦蕩，絕無害人之心，也沒有非分之想，個人的一切思想，又何懼為人所知。

可是，又有哪一個地球人，可以做得到這一點？

剎那之間，我的思緒紊亂之極，神情也變得迷惘。

狄可伸手在我的肩頭上拍了拍：「你不必太早擔心喪失個人秘密，那是將來的事，很遙遠的將來。」

我苦笑了一下：「總會來到的？」

狄可很認真地想，然後才回答：「應該是，高級生物的文明發展下去，總有一天，會有可以接收腦能量的儀器產生，也就必然會使生活方式起徹底的改變。」

我沉聲道：「一旦改變成了定型之後，如果有人竟然想保留個人秘密，那自然是不容許的了？」

狄可肯定地道：「當然——不是甚麼力量不容許，而是全體不容許，有幾個不知道他們在想甚麼的人存在，是極度危險的事，會令全體都不安。」

狄可終於說出了他何以如此緊張的原因：那失蹤了的第二十九組宇航員，成了他們的心腹大患！

狄可嘆了一聲：「本來，我們一直在找他們，可是沒有線索，天叫我想幫愛神星人找原振俠，才叫我在你這裡，得到了如此寶貴的線索，所以，無論如何，要請你幫助我們！」

我有點懷疑，狄可是不是真的「湊巧」在我這裡得到了線索？因為我少年時期的一些遭遇，並不是甚麼秘密。他可能感到「鬼竹」一類似他們的思想儀，所以才特意找上門來的。

至於他們的宇航員，竟會和原振俠有過接觸，這倒可以肯定是意外。

我當時的話說得很實在：「你放心，我一定努力想法子和他們接觸——單是為了弄明白原振俠和他們之間的關係，我也會努力去做。」

他望了我半晌，沒有再說甚麼——他自然聽得出我的弦外之音，我自己做我願意做的事，自然也遵照我的行事原則。

他表示告辭：「你的酒真好喝。」

我作了一個手勢：「請多留幾分鐘，我和勒曼醫院有兩樁未了之事，請你告訴我最近的進展。」

狄可竟然不知道那兩件是甚麼事，我就告訴他，一件是多年之前發生的，一個大蛹，裡面的生物，不知是甚麼怪物。另一件是最近的，自大樹中心分裂出來的那一男一女，不知醫院方面如何處理了。

狄可聽了，一副聞所未聞的樣子：「我不能幫你，醫院中各部門分工很細，大家都不理會別人的事，習慣上也不去打聽。」

我與勒曼醫院的接觸，也是個別的，整個情形如何，也不清楚。我取笑道：「是不是因為你掌握了思想儀，大家都對你遠而避之？」

狄可神情尷尬，乾笑了幾聲，我知道可能真有這種情形存在——誰願意自己的思想被對方的儀器完全捕捉了去呢？他們的那種生活方式，是不是為高級文明所必需，真是大有疑問。

狄可走了之後，我靜下心來，回憶著少年時期的經歷。

我對於那段經歷，記憶清楚，那種聲音可以和我對答，但我又沒有聽到甚麼，類似的經歷，後來又有好多次，那都是外星朋友利用直接刺激腦部活動的方法所作出的溝通。他們曾告訴我，只要「想」，就是和他們聯絡的方法。

當晚，我獨自在書房，到午夜時分，我就開始「想」。

那種「想」，和平時想問題，有所不同，主要是集中精神，只在單一的一件事上。在這種情況之下，人腦的活動，由於集中而不分散，所以產生的能量，也比平時集中而強烈。

至今為止，人類還沒有一套有效的自由控制腦能量強弱的方法，靜坐集中精神，似乎是唯一的辦法。有一些人，腦活動能力特強的，甚至可以在這樣的情形之下移動物體——那證明腦能量的強度，可以到出人意表的程度，能被靈敏的儀器所接收，是理所當然的事。事實上，人類的儀器，也早已可以展示腦電波了，只不過無法把腦電波還原為思想而已。

我在開始時，還聽到紅綾和白素在大聲説話，白素似乎説了一句，我有事要靜思，意思是叫她不要打擾我，誰知卻反而惹得她大發議論起來。

她道：「人最不受打擾的是思想，一個人要想甚麼，可以完全憑他個人的意志去決定，外來力量，決計無法干擾。若居然被打擾了，那也是他自取的。譬如説爸在靜思，我在大聲説話，他覺得我妨礙了他，那是他自己要聽我的話，如果他不要聽，我説甚麼，都是耳邊風，只管他想他的，我説我的。」

白素當然不會真的和女兒去爭論甚麼，她笑道：「照你這樣説，根本不必『靜思』了！」

紅綾立即回答：「當然不是，靜思的靜，不是要求周遭靜，而是要內心靜，內心靜了，自然……自然……甚麼俱寂了。」

我想笑，但是忍住了。白素教了女兒不少成語，但是紅綾卻不是很感興趣，所以也記不住，這時，她居然想運用成語，可是卻記不起是甚麼俱寂了。

白素「嗯」地一聲：「有道理。」

紅綾忽然話題一轉：「今天來見爸的那個人，不是地球人，也不是媽媽的媽媽那類神仙，是另外一種──」

她不知道如何説才好。我已經把我和狄可見面的情形，簡略地告訴了白素，白素接了下去：「是另外一種外星人，宇宙之間，有千萬種不同的星體人。」

紅綾道：「這人的能力很強，比媽媽的媽媽，好像還要強……總之大不相同就是。」

白素忽然問：「孩子，你知不知道甚麼是多向式的時間？」

我正想照紅綾所説的那樣，腦中根本不去想聽她的話，只顧自己集中精神，可是聽得白素這樣問，心中一動，又留神細聽起來。

因為我不明白甚麼叫多向式的時間，雖然狄可向我作了解釋，但我仍然不明白。

而且，我也明知，我其實是不可能明白的，因為地球人的時間觀念是單向式的。但也正因如此，使我有更強烈的慾望，希望能多了解一些。

我想，狄可說得不明不白，由我們的女兒來說，可能會好得多。

吸了一口氣，我留神去聽。紅綾對於任何問題，都對答如流，但是對這個問題，她卻沉默了足有一分鐘之久，才道：「我只知道雙向式時間，不知道多向式時間。」

我又吸了一口氣，狄可說過，除了單向式時間之外，還有雙向式或多向式時間。雙向式時間或許和多向式有所不同，但必然和單向式的大不相同了。

白素所想到的，顯然和我一樣，她道：「說說雙向式的時間。」

紅綾又沉默了好一會——想來要解釋這個問題，困難之至。她一開口，先道：「單向式的時間，只向前去，時間一過去，再也不回頭，這一秒鐘的時間，只存在於這一秒，過去了之後，永不再出現。」

我聽得暗暗點頭，紅綾說得比較清楚，時間本來就是這樣，這一秒鐘過去，就再也不會出現了。如果拿通行的時間表現法來看下列這組數字：

「19930521145228」

這數字可以說是地球時間的密碼，年、月、日、時、分、秒全在其中了。最後的兩位數是「秒」，這個時間密碼，只存在一秒鐘，到了一秒之後，尾兩位數，就由「28」變成「29」，而原來的那一組數字，再也不復現。

一去不回頭，過去的就是過去！狄可也說過，單向式的時間是，過去——現在——將來。

白素「嗯」了一聲：「這我明白。」

紅綾道：「若是雙向式，時間會往回去……嗯，不，我不應該那麼說，我應該說，有順向的時間，也有逆向的時間。」

我苦笑，「順向的時間」是怎麼一回事，我知道，人人知道，就是單向式的時間。可是，「逆向的時間」又是怎麼一回事？

照詞義來解釋，莫非是時間往回走，不是從開始到終結，而是從終結到開始。以人的一生為例，難道由死亡開始，到生命的最初形態？就像回捲錄影帶一樣？

我在這樣想的時候，並沒有聽到白素的聲音，顯然她和我有同樣的疑問。

紅綾也沉默了一會，她是在找尋適當的語句，來説明「逆向的時間」。

過了好一會──我別説集中精神了，簡直有點坐立不安，才聽到紅綾道：「很難表達，逆向的時間……這樣的説法，不是很妥當，那會使人誤會『過去』和『將來』換了一個位置，但事實並非如此，而是另一個方向，『現在』是一個點，在雙向式的時間中，『現在』這一點不變，『現在』始終是『現在』。」

白素的聲音並不急切：「別急，説得明白就説，説不明白也不要緊──那不是你的事，而是我們要闖出單向式的時間觀念，有極大的困難之故。」

白素當然知道我一定也在聽，所以才用了「我們」。紅綾答應著：「舉例説，從現在向前是將來……唉，那還是單向式的語言。雙向式，前、後的概念也不同，總之是兩個不同的方向。」

白素道：「理論總是比較難以明白，這樣吧，你舉實際的例子來説。現在我們在這裡討論這個問題，一年之後，這件事就成為過去。一年之後的現在，是現在的將來──這是單向式的時間，如果是雙向式，那會怎樣？」

紅綾這一次回答得很快：「首先，根本沒有『一年之後』這回事。」

白素沉默了一會：「時間不會過去？」

紅綾道：「會，但不一定是『一年之後』，可能是『一年之前』，也可以是『一年之左』或『一年之右』。」

紅綾的話，我是越聽越糊塗，可是白素仍十分有耐性：「好，漸漸可以明白了，如果現在我們在這裡討論問題，時間……變化，一年之前，那是怎樣的情形？」

紅綾脫口道：「一年之前，你們正把我從苗疆帶回來。」

我嘰咕了一聲，聽得白素道：「那是單向式時間，我問的是雙向式。」

紅綾道：「一年之前，一年之左或之右，都是將來，只是方向不同。」

白素突然「哈哈」大笑了起來，我也不禁感到好笑。紅綾大喜：「媽，你明白了？」

白素一面笑，一面道：「我明白了一件事——人類的語言，無論你怎麼運用，根本無法去解釋非單向式的時間，絕不能！」

紅綾也笑：「只怕是，我心中明白，只是怎麼也說不出來！」

白素繼續笑著，在她們母女兩人的笑聲之中，我的記憶又漸漸回到了少年時期，想起了我師父的苦戀，那肯定是思想儀的一個部件「鬼竹」，是我的七堂叔不知從甚麼地方弄來給他的。

我的七堂叔是一個傳奇性極濃的怪人，發生在他身上的江湖怪異事，若是能整理出來，那決不會比白老大遜色，可惜他在多年之前的一個新年過後，離開了家鄉之後，再也沒有出現了——最近，有人出到一億英鎊的賞格，尋訪他的下落，也沒有結果——那是另外一個故事中的情節，表過不提。

漸漸地，我回憶到了在「鬼竹」上看到活龍活現人像的情景，又回憶到了我和那「聽不到的聲音」對答的事。當年，這件事使我豁然開竅，打下了以後冒險生涯的基礎。許多稀奇古怪的事之所以能得到發展，都基於我堅決相信宇宙之中，有許多超自然的力量，相信宇宙之中，有著各種各樣的高級生物所致。

一個少年人開了竅，思想在想像力的原野中任意馳騁，這影響了我的一生。

多少年來，我一直未曾和對方聯絡，主要是沒有我師父的消息，也不知道「鬼竹」的下落之故。

這時，我卻對再和他們聯絡，抱有很大的希望。因為對我來說，時間已過去了許多年，在地球上，滄海桑田，人事全非。但是對於多向式時間的外星人而言，誰知是甚麼樣的情形。或許「現在」一直是「現在」，又或許「將來」對他們來說，是原地踏步就可以到達的境界。

既然他們告訴過我，聯絡的方法是「想」，我就照他們的方法去做。

這一晚，慢慢我到了渾然忘我的境界。

（五）和諧時代還是恐怖時代

直到我的雙眼感到了刺痛，才發現那是陽光照射的結果——天已亮了。

我等了一會，才睜開眼來，感到後半夜那種像是進入了夢鄉，但並沒有睡著的感覺，奇妙極了。

我一挺身站起來，只聽得紅綾發出了一下悶悶的吼叫聲，以表示她心中的不快。

我打開門，看到她神情不愉，她雙手一攤：「鷹兒又飛走了！」

我心想，紅綾知識之豐富，世上已無人能及。可是她對那鷹的感情，卻和一般小女孩對寵物的感情無異。由此可以知道，人類的感情，和知識無關，是腦部活動的另一類，而且至今為止，人類對這一方面的研究，還沒有開始！感情由腦部活動所產生，但是這種活動，根本不受控制。若有甚麼人聲稱可以控制自己的感情，那麼這個人多半是機械人。

我浮想連翩間，紅綾也來到了我身前，搖著我：「鷹兒又飛走了！」

我拍著她的肩頭道：「鷹愛自由，和人一樣，牠今天飛走了，過些時又會飛回來。」

紅綾悶哼了一聲，我為了轉移她的注意力，所以故意道：「這或許就是單向式時間的好處，現在牠飛走，將來會回來！」

紅綾聽了我的話，微側著頭思索了一會，突然叫了起來：「媽！」

白素早已站在她的身後，紅綾一叫，她就問：「你想到了甚麼？」

紅綾大聲道：「現在可以在現在，現在可以在過去，現在可以在將來！」

她一口氣說了三句，大有得色。我一聽，就可以知道她是在延續昨晚和白素的討論，她想到有了新的表達方法，所以就叫了出來。

我和白素都不出聲，因為她說的那三句話，我們一時之間，仍然無法理解。

紅綾十分焦急，揮著手，我和白素不約而同，一邊一個捉住了她的手，齊聲道：「別急。」

紅綾吸了一口氣：「單向式時間，現在就在現在。」

她頓了一頓，我先問：「現在在現在？不是現在是現在？」

紅綾道：「『在』比較好。」

白素道：「雙向式的時間，現在可以在過去？」

紅綾道：「現在也可以在將來。」

我和白素苦笑。紅綾掙開了手：「像鷹兒，現在在飛，在橫線的距離和我們起變化的同時，也可以在縱線的時間上起變化。」

她的話才一住口，我和白素，就自然而然，發出了「咦」地一聲。因為她這一番話，雖然我們還不能透徹理解，但是卻完全可以接受，而且，雖然我們自己沒有這種縱橫交錯的變化經歷，但是卻知道有這種事，也知道有人有這種經歷！

紅綾看到我們有這樣的反應，忙問：「怎麼樣？」

我和白素異口同聲：「時間旅行！」

紅綾立即拍手：「對了，時間旅行，我不會說，就是這個意思。」

我和白素各吸了一口氣，我們都知道「時間旅行」這個說法，但還不全面，因為時間旅行只是在時間中變化，從現在到過去，從現在到未來，而雙向或多向式的時間，還要複雜得多，再加上距離和方向不同，只怕不是我們所能明白的了。

紅綾見我們終於有了一點領悟，她也很高興，把鷹兒飛走的不快，一掃而空。

白素直到這時才問：「宵來如何？」

我道：「很好，頗有物我兩忘的意味。」

白素笑：「願君再努力。」

我伸了一個懶腰，回到書房，在一張安樂椅上，半臥半坐，昨宵對往事的回憶，帶來不少感慨，這時，我又忽然想到，在享受「時間旅行」的王居風和高彩虹，自從上次帶給了我有關採金者的故事之後，就一直沒有音訊了。若是由他們來解釋時間的方式，由於他們有親身經歷，一定更容易使人明白。

我又想到，我師父王天兵，和七堂叔，他們像是在空氣之中消失一樣，雖然說天下之大，一個人存心隱居，也可以無影無蹤，但也一樣有可能，他們進入了時間的另一方向，到過去或到將來去了。

如果他們進入了雙向時間，在單向時間的我們，自然再也見不到他們了。

我在開始這樣想的時候，還只是偶然想起，可是我感到這個想法，大可發展。

尤其是我的師父王天兵，他隨身帶著思想儀的一個重要組成部分，狄可的同類要找到他，應該並非難事，這重要部件總會有些訊號發出，使尋找者有跡可循。

如果外星人早已找到了他，那麼，他和外星人有了接觸，也自然有機會突破單向式的時間了。

這豈不是很順理成章的事？我師父由於苦戀，一直在逃避，地球的空間他覺得無處可躲，一定會追求徹底消失的途徑——多向式的時間便是他痛苦的心靈的最妥當的避難所了！

我的設想如果屬實，那麼，外星人既然早已找到了他，自然也得回了思想儀的部件，那他們就不會再和我聯絡了。聯帶我想到的是，那第二十九組四位狄可的同類，是主動地不和他們的同類接觸，還是有了意外？

從狄可的說話聽來，他們的星體，像是認定了這四個宇航員叛變了星體——這種情形，以前我也曾遇到過，至於為甚麼會有叛變，當然不是我這個地球人所能知道的了。

一直聯想開去，思緒如同脫韁野馬，倒也是一種樂趣。我得出的小結論是：狄可的同類，不會再和我聯絡，這令我有鬆了一口氣之感，因為那四個宇航員，大有可能不願再見同類，我夾在他們和狄可之間，不免左右為難。如今聯絡不上，正好省了麻煩。

所以，在接下來的幾天之中，我並沒有再深夜靜思。我把原因向白素說了，白素望了我一會，才道：「只怕那個自稱叫狄可的外星人不會放過你。」

我想也未曾想到過這一點，白素說了，我「哼」了一聲：「他能把我怎樣？」

白素作恐嚇狀：「誰知道！或許，把你抓到多向式時間中去！」

我笑了起來：「正好，趁機見識一下，究竟是怎樣的一個情形，總比怎麼解釋也聽不明白好。」

白素默然不語——剛才的一切，都是開玩笑的，她忽然神情嚴肅起來，頗令人意外。我沒有問她為甚麼，等她自己說。

過了片刻，白素才道：「會不會有一個人，根本不知道有一種地理環境叫沙漠的？」

這個問題，來得突兀之至，我並沒有多考慮：「當然有，巴西雨林中的土人，就怎麼也想不到地球上會有些地方，除了沙粒之外，甚麼也沒有。」

白素吸了一口氣：「若是這樣的一個土人，忽然被一股力量，一下子帶到了大沙漠的中心，他會怎樣？」

我知道她的意思了，她是說，如果我被轉移到了多向式的時間之中，情況就可以用「那個土人」來比擬了。

我不禁失笑：「你真會打譬喻。」

白素道：「我只是想舉例說明，就算你真的進入了多向式時間，你還是無法明白——就像那土人忽然到了沙漠，他也絕無法了解沙漠是甚麼。」

我同意白素的想法，但是絕不認為我會真的像「那個土人」一樣。

又過了幾天，我已不把狄可來訪的事放在心上。那一天傍晚，紅綾在算著日子，認為那鷹兒應該回來了，所以一直在盼望。

我看到她站在一株大樹的橫枝上，彈上彈下——她的這個動作，曾惹得好心人報警要去救她。

就在這時，我的一個極少人知道的電話響起。

我很喜歡這個電話響，因為那代表了那些與我關係極深的人要和我聯絡。

我一面心中問：「會是誰？」一面拿起了電話，很意外，我聽到了狄可的聲音。

他的第一句話很普通：「衛，你好嗎？」

我有點不快：「我不記得曾告訴過你這個電話號碼。」

狄可卻一點不在乎我的不快，而且，也聽得出他是故意要令氣氛變得輕鬆一些，他笑了一下：「你一定猜不到是誰告訴我這個號碼最容易聯絡到你。」

我最不喜歡這種「猜」的把戲，所以我立即道：「是，我猜不到。」

由於我的冷淡太明顯了，所以狄可不好意思地乾笑了幾下，才道：「是那個波斯人倫三德。」

一聽得他那樣說，我也不禁陡然一呆，確然，就算我想猜，也一定猜不著。

上次，我和倫三德會面之後，確曾把號碼給了倫三德，因為我想他的探索一有結果，我可以第一時間知道。

狄可自倫三德那裡得了號碼，那麼他們當然見過面了。這件事，乍一看來，有點不可思議，因為倫三德所在之地，如此隱秘，豈是說見面就能見面的？但是繼而一想，就平平無奇。

因為狄可這個外星人，究竟神通廣大到了甚麼程度，根本深不可測。他操作的「思想儀」能接收腦電波，根據我給的他資料，他就可以憑接收倫三德的腦電波，而找出他的位置。再高的山，再險峻的路，當然也難不到這個外星人！

所以我只是「哦」了一聲，並沒有太驚奇的反應。

狄可又道：「我去找他，是因為——」

我不等他講完，已經知道他去找倫三德的原因了！他的最終目的，始終是要把那四個失了蹤的同類找出來。他推測原振俠可能和他的同類接觸過，而倫三德又表示曾在某種神秘之極的情形下，和原振俠有過接觸。雖然迂迴曲折之至，但只要有一點線索可循，他都不肯放過。

這就是他去找倫三德的原因。

我不等他講完，就打斷了他的話頭：「那波斯人對你說了甚麼？」

狄可很有些愕然的神色：「他很——可惡，甚麼也沒有說……說是說了，可是等於沒有說，而且，我也不明白他在說些甚麼。」

狄可的話，本來不是很容易明白，但是我有同樣的經驗，所以一聽就知道，波斯人倫三德必然又向他說了甚麼「竟不知是真是假」之類不著邊際的話了。我諷刺了他一下：「你不是有思想儀嗎？他不肯說，你可以捕捉他的思想，他總不會在思想中自己騙自己。」

狄可沒有立刻回答這個問題，突然提出：「我可以再去拜訪你嗎？」

我對於他的來訪，不是很有興趣，可是也沒有理由推辭，所以我用了適當的冷淡來回答：「請過來！」

狄可道了謝，我剛想問他甚麼時候來，已經沒有了聲音。我估計不會太久，可是又想不到他來得那麼快——大約是紅綾在樹枝上彈跳了二十來下，門鈴已經響起，我大叫：「老蔡開門！」

叫了之後，我自己也好笑，老蔡的動作越來越慢，果然，等我下樓開了門，讓狄可進來，又上了樓之後，才見到老蔡口中不知哼著甚麼楊州小調，慢吞吞地走了出來。

老蔡的動作慢了，廚藝卻更加精湛，一味獅子頭，半斤肉該切一千刀，他絕不會切九百九十九刀，細膾精煮，弄出來的菜餚，可口之極。

狄可一到書房，就回答了我剛才這個問題：「我確然運用了思想儀，捕捉了倫三德的思想，可是他想的，和他說的一樣，他不知道那事可曾發生，不知是真是假，是虛是實。」

我吸了一口氣，不加評論——倫三德的情形，頗是古怪，難以理解。

狄可問我：「怎麼會這樣？怎麼自己的經歷，竟然不能肯定？」

我的回答再簡單不過：「我不知道。」

狄可道：「本來，我想，他和原振俠有接觸，原振俠和我們的宇航員又有接觸，可以通過這個線索，把我們的宇航員找出來。現在，又行不通了。」

我不置可否，一面心中在想，他那麼急切，要把那二十九組的宇宙航行員找出來，是不是有甚麼未曾說出來的特別原因？

狄可在這時，定定地望著我，我不是很喜歡他的那種眼神，所以走過去倒酒。

他在我身後道：「所以，只有靠你的幫助了——你看，要是我有別的辦法可行，我實在是不願來麻煩你的。」

他的這句話，說得倒很實在，我嘆了一聲：「我試過了，但沒有結果。」

狄可不說話，仍然用那種眼光望著我，我被他看得不自在：「有甚麼話，只管說。」

狄可吞了一口口水，才道：「你只試了一個晚上，就放棄了。」

他顯然知道這句話出口之後的後果，所以話才出口，他人已連退了三步。可是我一聽得他這樣說，怒火陡然升起，簡直一發不可收拾，在我的一生之中，發怒的次數，自然不計其數，可是像這樣的暴怒，也不常有。我一聲怒喝，身子一聳，已到了他的身前。

在我向他撲過去的時候，我同時揚起手來，準備用力狠狠掌摑他的。但是從撲出到落在他的身前，那十分之一秒的時間，已足以使我冷靜了幾成，所以我並沒有掌摑他，只是伸出手指，抵住了他的鼻尖，喝：「滾出去，立刻給我滾出去！」

他又連退了幾步，已到了門外，他雙手亂搖：「你答應過盡力，卻不盡力，我自然要指出這一點！」

我確然答應過他「盡力而為」，我也確然只盡了一夜力，沒有繼續，他對我的指責，或許有理，但是我的怒火，還是未消，因為我知道他知道我「未曾盡力」，是利用了他的思想儀截取捕捉了我的思想的結果。

世上絕不會有人喜歡自己的思想被他人用儀器獲知，而利用儀器去截取他人的思想，也是一種十分卑污下流的手段——狄可居然用這種手段對付我，自然足以令我暴怒，我再次大喝：「我不會再幫你做任何事，而你，如果再對我動用你的儀器，最好滾回你的星球去！」

狄可也提高了聲音：「你以為我喜歡在地球上？在地球上，我為地球人做了多少事，倒轉頭來，求地球人為我們做點事，我就成了呼喝的對象。」

我直斥其非：「你不該用儀器截竊我的思想。」

狄可居然理直氣壯：「我只想知道你有沒有實現承諾，並無惡意。」

我陡地向前跨出一步，正想用更大的聲音回敬，忽然聽到了白素的聲音：「兩個成年人，為甚麼不能平心靜氣地好好說，非要來場星際大戰不可？」

白素走到了狄可的身邊，狄可神情尷尬：「衛夫人，衛先生是我唯一的線索，實在情急之下，不得已才這樣做的。」

白素望著他，聲音平穩：「這四個人下落不明，令你們那麼緊張，一定另有別情吧？」

狄可嘆了一聲：「沒有別情——或許是我的話說得不夠明白。」

我一揮手：「那就請你說明白一點。」

狄可沉聲道：「我們認為，這失去了聯絡的四個宇航員，他們的行為，造成了巨大的威脅，是一種不能饒恕的行為，類似地球人行為中的——背叛。」

我反問：「你千方百計，想把他們找出來，就是為了要懲罰他們？」

狄可再嘆一聲：「你不明白，我們和地球人不同，沒有『懲罰』這回事，只要他們歸隊，使我們知道他們在那個時期做了甚麼，使我們感到威脅消除，那就整件事都結束了。但如果他們一天不出現，我們就一天不得安寧，心理上受重大的威脅。」

白素秀眉微蹙：「你說的『我們』，是——」

狄可接口：「是我們全體的決議，自從我們創造了思想儀，進入了相互之間，再沒有個人秘密的和諧時代之後──」

他說到這裡，我不由自主，咕噥了一句：「甚麼和諧時代，那是恐怖時代！」

狄可皺了皺眉──他顯然絕不同意我的說法，但是卻無意和我爭辯。他道：「自從那……時代開始，從來也沒有這樣的事發生過，我們全體，就像是一個整體，忽然有一部分，雖然是極小的一部分，自整體之中，分離了出去，就足以使整體不安。」

我沒有說甚麼，在沉默了一會之後，狄可問：「我說得夠明白了嗎？」

我的聲音，忽然變得很是疲倦：「夠明白了！」

確然夠明白了，夠使我這個個性奔放，不願受任何集體力量所束縛的人，感到了狄可所說的「整體生活」是如何可怖──表面看來，萬眾一心，再無隔膜，確然可稱「和諧」，在地球人之中，也有不少人嚮往有這種情形出現，歷史上甚至不乏有人用強權想達到這一目的。

但那種完全沒有個人秘密、個人自由，完全否定了個人的生活方式，我則認為恐怖至於極點！

當然，我沒有和狄可爭論這個問題，狄可曾說，地球人在將來，必然也會進入這樣的時代，想起來也不寒而慄，所以我的聲音，才會那麼疲倦。

我道：「我明白了，可是我努力過，一無所得，而且，認為再努力也沒有用。」

白素道：「你們既然『萬眾一心』，照說不會再有背叛這種行為，大可不必擔心。」

狄可苦笑：「可是事實是，他們寧願長時期躲藏，不願露面。」

我道：「已隔了很久了吧——我不知道你們的時間是怎麼算法的，他們既然甚麼行動也沒有，還有甚麼可以擔心的？」

狄可長嘆：「你不了解我們的心情，我們都緊張，像是身體中埋下了不可測的定時炸彈！」

白素很平和：「照說，在你們的『和諧時代』中，大家坦誠相對，已經習慣了不再起害人之心，那一組人員，沒有理由會起壞心。」

狄可的回答是：「就是因為我們怎麼也想不出理由來，所以才更擔心。」

我用力揮了一下手，語氣決絕：「不論你們如何急於想把那一組人找出來，我都無能為力，因為那超越了我的能力範圍之外——他們或許早已找到了我的師父，得回了那個部件，何必再來和我聯絡？」

狄可走到了一個書架面前，背對著我們，站了好一會，看來他像是心中有甚麼事解決不了，正在考慮。

我好幾次想下逐客令，都被白素使眼色止住，過了足有五分鐘之久，狄可才轉過身來，他神情堅決：「只請你再幫一次。」

我現出極其厭煩的神情，可是狄可已取出了一樣東西來，放在一大疊我隨意放在桌上的報紙上。

那東西是甚麼，我不知道，因為它套著一個皮套子，看來像是一具小巧的照相機，或是收音機之類。令我和白素陡然震動的是，那小小的東西，顯然奇重無比，它一放到了報紙上，報紙便陡然陷了下去——那是承受了重壓才出現的現象。

我和白素立時想到的是：陰間三寶！

（六）又見陰間寶物

所謂「陰間三寶」，唉，怎麼說呢，看過我一系列以「陰間」為題材的記述的讀者，自然明白，一共有五六本書，都環繞著它們發展著奇詭的故事。

但對沒有接觸過的人來說，絕不是三言兩語所能說明白的，因為牽涉的事情極廣。

簡言之，事情雖未全部結束，但我已有了一個概念，可稱之為「我的陰間概念」。

我的陰間概念是：一股外來力量，設置了一種空間，聚集了許多人的靈魂。他們這樣做的目的不明，人類靈魂在其間，以何種方式生存也不明。

有這樣一種特殊的空間存在，已可肯定——我到過，白素到過，紅綾和曹金福也到過，那種外來力量，還懂得利用人類替他們服務，作為陰間使者的陰差，李宣宣，都毫無疑問是地球人，至於他們何以會和那種外來力量發生關係，也不明。

我還見過自陰間來的「寶物」，一樣是「許願寶鏡」，其餘兩樣分別是一隻扁平的盒子和盒中的一隻環。三樣物事，都和人的腦部活動有關，那環，甚至能在百分之一秒的時間內，把人帶到陰間去！

這三件東西之中，那盒和那環，有一個特點：極重。地球上的物質，決無這樣的重量。那環曾為紅綾所有，我秤過，重量是五點三公斤，照它的體積來說，密度高達三〇七點四，是地球上最重物質鉑的十多倍。

這給我的印象極深，所以，一看到狄可拿出了小小的一包東西來，就能把報紙壓得陷下去，就敏感之極，立刻想到了那一連串的事。

（「那一連串的事」，記述在五個故事之中，它們是：《從陰間來》、《到陰間去》、《陰差陽錯》、《陰魂不散》和《許願》。）

而我一直以為那一連串的事，完全獨立，和我其他的經歷無關，自成一個系統，但看來並非如此！

狄可取出來的是甚麼，我還不知道，但如果那東西和來自陰間的物體同類，那麼，建立陰間的外來力量，豈非也就是狄可的同類？

而我早在少年時期，就和狄可的同類有過接觸，那就有許多事可以聯繫起來了！

世事之奇，實在有許多許多意料之外的事，會忽然發生，有的甚至令人措手不及。

那時，以我和白素的經歷之廣，也有點反應失常。

狄可看在眼裡，略有訝色。這時，我已鎮定了下來，指著那東西問：「這是甚麼？看起來好像很重。」

狄可點頭：「你的觀察力真強，你拿拿看。」

我伸出手去──我估計那東西的大小和那來自陰間的盒子相仿，重量也應該差不多，大約是二十公斤左右。但在我伸出手去的同時，我卻想到，我不必讓狄可知道我曾有過的經歷──他雖然擁有「思想儀」，但那儀器體積應該相當大，不見得可以隨身攜帶，我還是可以瞞他一下。所以，當我拿起那東西時，有幾乎失手拿不住的情形發生。

白素一看到這種情形，自然知道我心中在想些甚麼了，她發出了會心的一笑。

我下面的一句話，倒是由衷的：「真重！」

我把它交給了白素，白素掂了一掂，交還給狄可，狄可接在手裡，打開了皮套，現出了那東西的真面目來——雖然如此，但是我們仍然無法知道那是甚麼，只見它的表面，有著漆器一樣的光澤，單是這一點，已足以令得我心中大聲呼叫了好幾次！

直到目前為止，我接觸過的，或是知道來自陰間的物件，都有同一特質：表面有著漆器的質感和光澤。

那隻扁平的小盒子是如此，據百歲老人祖天開說，陰間使者、大美人李宣宣有一隻大箱子，就是漆器。

如今，皮套中的東西，看來如同一隻筆座，不是直插式，是橫擱式的那種。有幾處凸起，略似一隻捏緊了的拳頭，大小也相仿。

狄可道：「這儀器，或者可以幫助你和他們聯絡。」

我沉聲道：「甚麼意思？」

狄可道：「你努力了一夜，沒有結果，有兩個可能：一個是他們收到了你的訊號，但是不願意和你聯絡。另一個可能是，你的訊號由於種種原因，他們沒有收到。」

他說到這裡，把手放在那東西上：「這儀器能加強你腦活動所產生的能量，使原來或是太弱，或是他們在特殊的環境中收不到的情形，得到改善。」

我吸了一口氣，這時我思緒極亂，一時之間，不知如何反應才好。

狄可神情焦切：「也不敢要求你如何，只請你再努力一個晚上，而且，那對你絕無害處。」

這時我心中所想的是，無論如何，要把這東西留下來再說。但是我們仍裝出憤怒的神情：「你一直不相信我，利用儀器捕捉我的思想，所以我沒有必要再為你做任何事，把你的儀器拿回去！」

狄可舉起手來：「我以人格保證，決不會再偷窺你的思想。」

我冷冷地道：「你的人格靠得住嗎？」

我的這句話，在地球人的語言之中，當然不是很尊敬的話，但在當時的情形下，我這樣說，也沒有甚麼不當，因為是狄可犯錯在先。

可是想不到，這句話，引起了狄可強烈的反應，陡然之間，他滿面通紅，額上青筋綻起，他的手甚至發著抖，拿起一杯酒來，一乾而盡，卻又嗆得劇咳起來。

白素提高了聲音：「偷窺他人的思想，是地球人絕難容忍的行為，衛斯理更不能容忍——但我們相信你不會，相信你的人格保證，他會再努力一晚。」

狄可還在咳著，他向我望來，我用力點頭。

狄可這才長長吁了一口氣：「成功的希望極大，我只請求衛先生能把真實的結果告訴我。」

這時，我對他的反感，已減弱了不少——他不斷在苦苦哀求，像剛才他求我把真實的結果告訴他，其實他完全可以用思想儀去捕捉我的思想。由此可知，他的「人格保證」是有效的。

我對他的這個要求，沒有立刻答應，我很鄭重地道：「如果他們對我也有要求，那我就先尊重他們的要求。」

狄可呆了一呆，神情大是委曲：「為甚麼？」

我道：「他們可以根本不和我聯絡，如果他們接觸了我，我卻有出賣他們的行為，那我做不到！」

這時，我的想法是，那第二十九組宇航員的行為，被狄可他們認為跡近「反叛」，十分嚴重，多年來他們不出面，必然是不想被同類找到，我不能因為他們和我聯絡，就暴露了他們的行藏。

狄可的神情，極之無可奈何，但他也知道，難以改變我的決定，他只好嘆道：「隨你的意吧！」

我把手放在那東西上，那東西的溫度，和人的體溫相彷，所以並沒有甚麼特殊的感覺。我問：「這東西，除了能擴大人的腦能量之外，還有沒有別的功用？」

狄可道：「有，很多，但是我無法向你一一說明，有許多功能，它不能單獨發揮，要和其他的部件配合——這東西本身，也只是一個部件。」

我吸了一口氣：「思想儀的一個部件？」

狄可點頭：「是，思想儀由許多部件組成。」

我沒有再問下去，雖然我的好奇心絕未滿足，但是我知道，即使再問下去，狄可也未必肯說甚麼了。

我站了起來：「明天這時候，請過來聽消息。」

狄可望了我一會，又望了白素一會，連說了五六遍「拜託兩位了」，這才離去。

他才一出門，我就問：「紅綾呢？一早不見人，這事要她一起來研究！」

我和白素，幾乎肯定狄可給我的那東西，和「陰間寶物」是同類，那麼，引伸開去，得到的結論，直接而簡單，只有一個可能：建立「陰間」的外來力量，就是狄可的同類，就是那失去了聯絡的，第二十九組宇航員！

就是他們，利用了「思想儀」，在集中人類的靈魂！甚麼「許願寶鏡」、那「盒子」、那「環」，全是思想儀的部件！

狄可要我設法與之聯絡的，就是陰間主人！

我和白素雖然到過陰間，但所獲不多，紅綾和曹金福去了之後，似乎比我們有更多的理解，但我們之間，還未曾詳細討論過，如今，正是討論的時候了！

同時，我也估計，不會有人和我們主動聯絡——如果他們肯和我聯絡，早在上次那些「陰間事故」發生時，他們就向我表示身分了。

他們當然不會忘記曾經因為「鬼竹」（也是思想儀的部件）而和我接觸過，可知那時，他們是故意隱瞞身分。

這事不能怪李宣宣，李宣宣也未必知道他們的來歷。

他們既然把身分掩飾得如此隱蔽，如何還肯和我聯絡？我得主動想法子去和他們接觸，那就需要紅綾的幫助了。

我的意思，白素自然明白，她道：「紅綾一早，就有點神神秘秘，剛才還看她在樹上彈跳，一下子就不見人了——反正她一定會回來，急甚麼！」

我興奮得手心冒汗，所以自然而然搓著手：「真是太意外了，我認為狄可要找的那一組宇航員，就是我們曾到過，紅綾也去過的那個陰間的主人！你認為呢？」

白素沉聲道：「當然是……這事情很麻煩，弄不好，還很兇險。」

我揚了揚眉：「何以見得？」

白素道：「狄可上天入地，要把他們找出來，他們竭力不讓狄可找到，必然其中有十分嚴重的衝突在，我們知情，夾在中間，他們又是如此熟悉人的思想、靈魂，生死定於頃刻，你說，我們的處境，是不是兇險之至？」

我沒有想到這一點，這時白素一說，我不禁呆了半晌，說不出話來。

他們雙方，一方要搜尋，一方要躲藏，而我們夾在當中——他們若是普通人，倒也罷了，偏偏都有拘魂捕魄的本領，要把我們全家的靈魂拘了去，變成陰間中的一個「亮點」，再也容易不過。

要是他們不想行藏洩露，用這個方法對付我們，自然妥善！

我望向白素，白素神色凝重——她一向遇事鎮定，如今也大有憂色，可知事態確然嚴重。

她道：「我有一個應付之法，但是我知道你一定不肯照著去做！」

我攤手：「姑且聽之。」

白素一字一頓：「相信狄可的人格保證。」

她只說了一句話，我已經知道她的辦法是甚麼了。

相信狄可的人格保證，就是相信狄可不會利用思想儀來捕捉我們的思想，也就是說，我們可以騙他，說經過努力，沒有結果，使他放棄在我們身上尋找他失蹤同伴的念頭。

白素也知道我必然不肯——不肯的原因，並不是我不願騙人，而是她知道我不會放棄追索這件事。雖然明知處境危險，但是那麼神秘，那麼詭異的事，若是就此放棄，不探索下去，那還叫甚麼衛斯理！

白素望著我，等著我的反應，我喝了一口酒：「與其相信狄可的人格保證，不如相信他們不會有害人之意。」

白素揚了揚眉，她自然也明白我的意思——他們並沒有害地球人之心。要不然，以他們所掌握的能力，令得地球人一夜之間，全部死亡，也不是難事！

（忽然想到的是，一夜之間，凡長子全部死亡，或凡有氣息都死亡這樣有記載的神蹟，是不是在相類似的能力發揮作用下所發生的？）

（很值得認真想一想。）

地球上並沒有出現巨大的災難，狄可還在勒曼醫院貢獻力量，二十九組組員的行為雖然古怪之至，目的不明，但是他們建立起來的那個空間，似乎比人間更對人有吸引力，至少，曹普照一家百餘口，就「樂不思蜀」，放棄還陽的機會。

這都證明「他們」並無害人之心，也就是說，我的「處境危險」，可能只是一種設想。

過了一會，白素才嘆了一聲：「我不認為他們會和你聯絡。」

我應聲：「所以我要主動去找他們——無論如何，我要先通過那儀器，把我的訊息傳出去。」

白素微笑，就知道我決定了要做的事，一定會做，而她不論事先如何不同意，一旦開始，她必然盡全力支持我去做。

我把手放在狄可帶來的儀器之上，白素轉身待向我走來，就在這時，屋子像是有一下輕微的震動，接著就聽得紅綾的大叫聲：「媽、爸，你們看誰來了？」

本來，單憑這一問，倒也不容易猜得到。但是既有那一下震動在前，又有紅綾充滿了歡樂的聲音在後，來者是誰，也就不用再猜了。

果然，接著便是曹金福的悶雷也似的聲音：「衛叔、衛嬸！」

隨著叫喚，樓梯咚咚作響，曹金福也上樓來了。

我這一喜實是非同小可，因為曹金福也是到過那陰間的人，我正愁不知如何去找他，他卻自動出現了，可以說來得再及時也沒有了。

而紅綾一定早知他會來，故意瞞著我們，好給我們一個驚喜。

腳步聲停止，曹金福老大的身軀，堵在門口，他為人十分老派，一見長輩，就想叩頭，尤其我助他解決了他的「血海深仇」，他更視我為「恩人」，雖然我一再阻止，但他總要自然而然，呆上一呆，才想起我不喜歡人家向我叩頭。

他咧著嘴笑，紅綾在他的身邊，擠著探進頭來：「想不到吧！」

我忙道：「快進來，你來得正好，『陰間』的事，有了新的發展。」

曹金福一時之間，不明白發生了甚麼事，紅綾卻一眼就看到了桌上所放著的，狄可留下來的那東西。她「咦」地一聲，用力先把曹金福推了進來，自己也大踏步走了進來——他們兩人決計無法一起擠進來。

她一下子到了桌邊，伸手按在那東西上，問：「陰間使者又來過了？這次是不是宣宣姐？」

紅綾這樣一說，證明我和白素的推斷，再正確也沒有：陰間主人，確然是狄可的同類。

我說道：「金福，你試試，看是不是能和陰間主人溝通？如果和上次一樣，能和他們溝通的話，那你就告訴他們，我知道了他們的來歷了，請他們務必和我聯絡。」

金福大聲答應，紅綾聽了我的話，大是訝異，但是她卻不服：「為甚麼要金福試，我來！」

曹金福絕不和人爭，更不會和紅綾爭，已伸出的手，立時縮了回去。

我要曹金福先去試，原因簡單，上一次，許多人在一起，沒有人能拿得動自陰間來的一盒一環，唯有曹金福能拿得動，後來，又是通過了他，才有陰間之行的，可知他的腦能量頻率，容易和陰間主人溝通——這種情形的簡稱是「有緣」。

但紅綾既然要搶著先試，我自然也不反對。

紅綾見我點頭，就伸手去按那東西，並且還用了一點力，突然之間，她發出了一聲怪叫，按住那東西的手，陡然彈開，人也騰地後退了一步，臉上現出了極其痛苦的神情。雖然那種神情一閃即逝，立即變成了驚訝無比，但是看在父母眼中，也為之心痛不已。我和白素，不約而同把她抱住，連白素這樣一向遇事鎮定無比的人，一時之間，都急得問不出話來。

紅綾直到被我們抱住了，才大大地透出了一口氣來，失聲道：「好傢伙！」

我這才出聲：「怎麼啦？」

紅綾先翻開手來，去看她的手掌，她的手極粗，但這時也可以看出，她手心發紅。她甩了甩手，又呼了一口氣，道：「好傢伙，那東西……熱得像是燒紅了的鐵一樣，好痛！」

我大感意外，因為我曾好幾次按在那東西上，只覺得它和人的體溫相仿，一點也沒有甚麼特別，何以紅綾一出手，就會變了樣？

我一面奇怪，一面已伸出手去，可是紅綾一把將我抓住：「別碰！爸，你受不了那種痛！」

我呆了一呆，向她望去，她的神情嚴重之至，我吸了一口氣：「你忍得住，我也忍得住！」

紅綾仍堅持：「你忍不住，會昏過去，不好！」

人對於忍受痛楚，有一定的極限，超過了這個極限，就會以昏迷現象保護自己，那當然不是有趣的事。

白素疾聲道：「聽她的！」

我道：「這沒有道理——」

白素打斷了我的話頭：「等一會再說道理。」

曹金福朗聲道：「我來試試！」

紅綾倒沒有反對，只是道：「小心，真的極痛！」

曹金福答應了一聲，伸出一雙蒲扇也似的大手來，雙手搓著，在搓動之際，「沙沙」有聲，像是兩塊石板在磨擦一般。

我知道他武術造詣極高，掌上也必然有久經苦練的特別功夫，但看過紅綾剛才的情形，還是替他擔心。

只見他先是將老大的身軀，向下微微一挫，穩住了馬步，這才伸手，向那東西按去，在那一剎間，旁觀的三個人，全都屏住了氣息，等待他的反應。

只見曹金福現出了訝異之極的神色，望向紅綾：「甚麼感覺也沒有啊？」

白素沉聲道：「你試著和陰間溝通，告訴他們我們知道他們的來歷，要他們和我們聯絡！」

曹金福大聲答道：「好——」

他那「好」字才出口，必然是他立即轉了念，只見他陡然滿面通紅，身子發抖，可是他的手，仍然按在那東西之上，不到三秒鐘，只見豆大的汗珠，已然布滿了他整張臉，顯見他承受的痛楚，是如何之甚！

他本來是可以立刻罷手的，但必然是因為未曾達到溝通之目的，所以在強忍著！

我、白素和紅綾，同時大叫：「快放手！」

隨著我們的呼叫聲，他仍然猶豫了一下，這才陡然揚起了手，以他功力之深厚和耐痛能力之強，揚起了手之後，也忍不住以左手托住了右手，身子旋風也似打著轉，不住呼著氣。

我急問：「可曾受傷？」

曹金福翻過手掌來，除了發紅之外，別無損傷。

白素道：「只是感到痛，不會受傷！」

曹金福再大大吸了一口氣，才道：「好傢伙，這痛，真夠嗆的！」

說這話時，他還是汗流滿面，拉起衣服來抹著。白素沉聲道：「只是感到痛，不會受傷！」

我立時意會，指著那東西：「它會放出能量，影響人腦的活動，使人感到劇痛！」

白素點了點頭：「是，人的痛楚，由痛覺神經掌握，只消刺激痛覺神經，就可以使人感到劇痛。」

我不禁惱怒：「狄可太可惡了，他怎麼拿這個來開玩笑！」

白素搖頭：「不干他事。」

我心中一動，一伸手，把手放到了那東西上，這一次，紅綾來不及阻止，發出了一下驚呼聲。

可是我卻甚麼感覺也沒有。

和剛才曹金福才把手放上去的時候一樣，甚麼感覺也沒有。

可是當他一動念，要和陰間主人聯絡時，劇痛就立刻產生了！

（七）天生我才必有用

這種情形，說明了甚麼？

我略為一想，就明白了！

人在這裡一動念，陰間主人立刻就收到了訊息，為了不想和動念的人聯絡，並且要人立刻放棄這種行為，陰間主人就使動念的人感到劇痛！

我這時一點感覺也沒有，是因為我未曾動念！

我如果一動念——

當我想到這一點時，各人也都想到了，他們齊聲叫道：「別試！」

紅綾更加了一句：「千萬別試！」

我沉聲道：「除此之外，還有甚麼別的方法，可以使他們接收到我的訊息呢？」

白素忽然現出很是傷感的神情：「其實，你上次化了一夜時間，企圖和他們聯絡，他們早已收到了你的訊息，只是不願意和你聯絡而已！」

我悶哼了一聲，白素又道：「現在，其實根本不需要那東西，他們一樣可以接收到你腦部活動所發出的訊息，別忘了他們有『思想儀』——狄可答應了你不用思想儀，他們卻沒有答應過你甚麼。」

我十分不滿：「他們答應過我，甚麼時候我要和他們聯絡，只要想就可以，何以現在，拒人於……」

本來，我是想説一句現成的話：「拒人於千里之外」的，可是一轉念間，想到他們根本不知在甚麼地方，空間、時間都不同，根本無法用距離的單位來計算，所以才憤然住了口。

（由此可知，地球上的語言，只是在針對地球事務時才有用，一旦出了這個範圍，就要不開也麼哥了。）

白素冷笑了一聲：「此一時彼一時，那時，他們有求於你，當然想你和他們聯絡，現在，我想他們早已把思想儀的所有部件都找回來了，那當然不會再和你聯絡了。」

我在白素一開口講話之際，就覺得她的態度有異，我也可算是後知後覺的了。直到這時，才恍然大悟白素的用意——白素是要我和她的對話，讓陰間主人聽了去！

陰間主人既然能接收我們腦活動的訊息，那別說我們把話說出了口，就算只是想，他們也能知道。

我立時也冷笑：「現在他們想躲狄可，所以就不願和我聯絡了？」

白素看出我明白了他的意思，微笑著：「其實，狄可來找你的時候，你一直很護著他們，覺得他們想改變生活方式，保持個人秘密的行為，很值得同情，誰知道他們竟然這樣對你！」

我用力一拍桌：「既然他不仁，何妨我不義，不如通知狄可，把我們所知，一起告訴他便了！」

我和白素兩人，一唱一和到了這裡，在一旁的紅綾和曹金福，當然都莫名其妙，他們怎知道這種「弦外之音」的把戲。

白素道：「不錯，他們之間的事，由他們自己去解決，我們好心，反倒叫孩子們受苦。」

紅綾剛才那一下痛楚的神情，白素一直在心痛，所以這句話聽來，是真的氣慣了。

我更虛張聲勢：「這就通知狄可！」

我說著，真的拿起電話來，就在這時，只聽得紅綾大聲道：「甚麼？」她在這樣說的時候，一臉訝異的神情，看起來，像是有甚麼人在和她講話，她沒有聽清楚，正在反問。

我向她看去，只見她的神情更怪：「叫我爸等一等，別採取行動？」

白素已在疾聲問：「甚麼人？」

紅綾也問：「甚麼人？」

這種情形，若不是我們都各自有過非常的經歷，簡直詭異到了極點。

而我也立刻知道了是甚麼樣的情形，一定是紅綾的腦部，突然接收到了訊號，使她「聽」到了聲音！

紅綾在問了一聲之後，忽然笑了起來，笑容很親切：「宣宣姐，原來是你，我沒有聽出你的聲音來。」

我和白素互望了一眼，我先放下了手中的電話，知道我和白素的「演出」成功了，陰間主人有了反應——不出我們所料，他們果然害怕狄可知道他們的行蹤。

這事情很奇怪，不知道他們何以會不願歸隊，但其間一定有特別的原因，只要他們肯和我聯絡，相信不難弄個水落石出。

正因為他們怕狄可知道他們的下落，所以，陰間使者李宣宣就立刻發出訊號和紅綾聯絡——只有紅綾「聽」到她的聲音的原因，自然是由於紅綾的腦活動能量，比我們強了許多之故。

我們對李宣宣都很有好感（美麗的人總佔便宜），所以很是放心。

紅綾像是在聽電話一樣，不住發出「嗯嗯」的應聲。我急著道：「叫他們和我聯絡，直接的。」

紅綾向我望來：「宣宣姐說，她會先來見我們。」

我還想說甚麼，白素已道：「等她來了再說——這一次那個陰間之謎，應該可以解決了。」

白素說「那個陰間」，是由於我們曾經過討論，認為由「外來力量」建立的相類似的陰間，有許多個的緣故。

我嘆了一口氣：「她甚麼時候來？」

紅綾笑：「儘快——這是她說的。」

我知道李宣宣有突破空間的能力，說出現就會出現，所以我回頭看看，等她突然現身。

曹金福拙於言，一直不怎麼講話，這時，居然也對李宣宣這人大發議論：「這女人好古怪，說來就來，說去就去，穿梭陰陽，就像我們在房間內外跨進跨出一樣。」

曹金福的語言，簡單得很，一點花巧也沒有——這樣的語言，也最能直截了當地說明問題。這時，我和白素聽得他那樣說，都忍不住喝采：「說得好！」

曹金福忽然受了誇獎，生怕連他自己，都不知為了甚麼，紅著臉，神情自然高興。

曹金福說李宣宣這個「陰間使者」，陰陽之間來去自如，就像我們在一間房間中跨進跨出——情形本來就是如此，只不過我們進出房間，都是在一個平面上進行，而李宣宣穿梭陰陽，卻是在立體中進行，這又多少使我了解到，立體式的空間，必然和多向式的時間有關，兩者之間的時空關係，正如單向式時間和我們活動的空間一樣。

有了這樣的一個概念之後，對一切奇異的現象，就在觀念上容易接受得多了。

當然，只不過有了一個概念，絕不代表已經懂了那是怎麼一回事——世界上，有許多事是不必知道是怎麼一回事，只知道一個概念就可以的。像自來水，城市中的人，人人都有這個概念，可是自來水究竟是怎樣自來的，也就不是人人說得出來的了。

一時之間，我頗有豁然貫通之感，但同時也不免感嘆，以宇宙之大，各種現象之多，別說一個普通的地球人，難以盡知，就算像紅綾那樣，有了那樣不可思議的際遇，所知也不過億萬分之一罷了！

我正在出神間，已聽得紅綾叫了起來，定睛一看，只見李宣宣已經出現，自然淡雅，但是艷光逼人，她握住了紅綾的手，向我和白素點了點頭，眼望向曹金福，現出歉然之情：「剛才，由於事情發生得實在太突然了，所以令你們受了點苦，請原諒。」

她說得如此客氣，很令我們感到意外，紅綾道：「我和大個子倒還挺得住，爸和媽卻沒有試。」

她說話沒有私心，這樣說，分明是說我和白素，必然挺不住了——轉念一想，她所說的必然是實情，也只好嘆一口氣算了。

李宣宣由衷地道：「我以為已經闖了禍，幸好你們有異於常人——」

我疾聲問：「常人會如何？」

李宣宣並沒有回答我的問題，只是指著桌上狄可帶來的那東西：「這儀器，能把腦活動能量加強許多倍，把訊息以極強的發射力，傳遞出去，對你們來說——」她說到這裡，略想了一想，才又道：「對你們來說，就像是猝然之間，遭到了一股強大力量的襲擊。」

李宣宣的這種說法，當真不可思議之至。

我指著紅綾：「她只是表達了一些意願，竟然會導致那麼嚴重的後果？」

我在這樣問的時候，心中同時想到的是：這種情形，狄可知道不？

我立即認為狄可是知道的——那就極可惡，他明知那會引起「陰間」的強烈反應，如果不是紅綾替代了我，我就可能已遭了不幸！

一想到這裡，儘管我的思緒極亂，我還是追問了一句：「如果是我，會怎樣？」

李宣宣說得十分緩慢：「最好的情形是昏迷。」

我吸了一口氣：「最壞的情形是有生命危險？」

李宣宣沉默，那更使我們因想起剛才的情形而駭然。

白素沉聲道：「你們的反應，必然如此強烈？」

李宣宣道：「你們對『陰間』的情形，已算是相當了解，支持和令得陰間一切運行的是一部複雜無比的儀器，這種儀器，至今為止，只有陰間主人獨有，可以簡稱為『思想儀』，它的主要作用是可以對各類高級生物的思想波起作用。」

我們都聽得很是用心，因為我們知道，這時李宣宣對我們說的，是陰間的大秘密。

而且，可以聽得出她並不準備保留甚麼，這一點，從她一開始說「思想儀」就比狄可說得更詳細上得到證明。

李宣宣又道：「你們當然知道陰間主人的來歷。」

我道：「只知道是來自一個星體。」

李宣宣道：「那就夠了。」

她的意思是，只要我們明白那不是地球人的力量，就已經夠了。她並沒有輕視我們的意思——對我們詳細解說那星體在宇宙中的位置，是沒有意義的事。

李宣宣道：「那思想儀主持陰間一切運作，如有一股強大的力量侵入，就像一副防衛系統突然收到了警號一樣，會立即作出反應，是極自然的事——完全自動，不由任何人手控制。」

我一字一頓：「把那東西給我的人，知道會有這種情形發生？」

李宣宣道：「我不能肯定，但是狄可隊長應該預料可能有種種意外。」

我大是驚訝：「狄可隊長？」

李宣宣道：「是，在他們的星體上，狄可的地位極高，『隊長』只不過是我隨便加上去的稱呼。」

我和白素互望了一眼，都覺得事情不可思議之至。我搶著問：「在他們那種進步文明的生活方式之中，也有地位高下之分？」

李宣宣聽得我這樣問，現出了極其古怪的神情，像是我的問題，極端地不可理解。

她的這種反應，奇特之至，我和白素互望了一眼，白素把我的問題，重覆了一遍。

這證明白素的心中，和我有著同樣的疑問。

我們提出這樣的一個問題，其實是很自然的事。因為狄可說，他們的星體上，自從進步到了出現「思想儀」之後，就進入了一個新的時代。

他稱那個時代為「和諧時代」，因為人與人之間，再也沒有任何個人秘密，那麼，一切戰爭，自然也無由發生，「和諧」這個形容詞，倒也當之無愧。雖然我在設想這種生活方式時，想到沒有個人秘密的情況，覺得太過不可思議，但也不能不承認那是一種進步。

於是，我也順理成章，把這樣的生活方式，理解成為類似人類社會中的理想生活，甚麼人人平等之類，這才在聽了「隊長」這樣的稱呼，和「地位極高」的形容之後，提出了這樣的疑問。

可是看李宣宣的反應，在白素把問題又重覆了一遍之後，她更是訝異，好一會，她才深深地吸了一口氣，反問：「狄可對你們說了些甚麼？」

我向白素望了一眼——在狄可和我們交談之際，我們就一直覺得這外星人不可靠，一定有一些事未曾告訴我們，現在看情形，確然如此。

我把狄可和我們之間的對話，原原本本，告訴了李宣宣，她一面聽，一面神情感慨。

我說完了經過之後，立時問：「這傢伙，完全在胡說八道？」

李宣宣搖頭：「那倒不是，只是他隱瞞了一些事，沒有對你們說。」

我和白素、紅綾和曹金福，四個人的視線，都集中在李宣宣的臉上。

李宣宣只說了極簡單的一句話：「在他們的星體上，並不是每一個人都能操作思想儀的。」

就那麼一句話，事情就再明白不過了！

我由於吃驚太甚，不由自主，發出了一下低呼聲。

太可怕了！

真的太可怕了！

在我的腦海中，立刻出現了如下的程序：

有了「思想儀」；

通過思想儀的操作，可以捕捉到每一個人的思想過程；

再無個人秘密可言；

而思想儀卻不是人人都能操作的；

思想儀掌握在少數人的手中；

於是少數人成了特殊人物，他們掌握了所有人的思想；

結果是最無情最徹底最嚴密的控制！

這種控制的方式，是地球上的獨裁者和極權統治者夢寐以求的控制——至今為止，地球上的極權者還沒有能力做到這種控制，因為他們沒有思想儀，他們無法知道被控制者真正在想甚麼。

但是狄可他們做到了，因為他們有思想儀。

被狄可稱為「和諧時代」的，竟是如此恐怖的一種情形——這種情形，地球人最能領略其恐怖，因為直到現在，至少有一半人口，還在類似的情形下生活！

慶幸地球上還沒有出現「思想儀」！

而狄可為甚麼那麼急於要把第二十九組宇航員找出來，原因也再明白不過——那一組宇航員脫離了控制，而且，他們擁有一具思想儀，並且懂得操作！

那當然令狄可坐立不安，因為那等於是反叛，直接影響到了他的特權地位，可以使得那個星體上的特權分子，變得和被控制的人一樣，出現真正的人人平等！

能令特權分子喪失特權的任何可能，都是特權分子必須鏟除的對象。不擇手段，只求達到目的——地球人的歷史上，有太多這樣的例子，所以我對狄可急於找到那一組失蹤宇航員的心情，很是熟悉。

在剎那間，我們幾個人想到的都一樣，自然，我和白素的感受，比較深刻，紅綾和曹金福，也想到了情形之可怕，但不如我們之甚。

過了好久，李宣宣才道：「你們都明白了？」

我感到像是有甚麼梗塞在喉嚨間一樣，一面點頭，一面發出了一陣古怪的聲音。

白素比我鎮定，她道：「明白了——我們絕不會再站在狄可這一邊，但是實在替陰間主人擔心，狄可一定有辦法找到他們的！」

李宣宣垂下了頭，顯然白素的話，正中要害，我想說些甚麼，可是他們之間的事，我一點也不了解，而且以我的力量，也幫不了甚麼忙。

紅綾和曹金福畢竟是初生之犢，他們異口同聲地問：「我們能幫助些甚麼？」

李宣宣望了他們一眼，一點也沒有輕視的意思，反倒認真地考慮他們的提議。

我和白素都覺得很是奇怪，因為看樣子，真是有需要我們幫助之處。

過了一會，李宣宣才道：「要是讓狄可找到了他們，那結果會很可怕。」

她說到這裡，略頓了一頓，再道：「當然，那只是我的想像，他們之間的事，我也不是很明白，只是了解極少部分。」

她向我望來，我大是訝異，又大是驚奇，因為看她的意思，她這個中間人詞不達意，竟大有要我去和陰間主人直接會面之意。

這才是「固所願也，不敢請耳」，上次我和白素，一起隨著李宣宣這個陰間使者，來去陰陽之際，就想和神秘莫測的陰間主人接觸，但結果未能如願。曹金福和紅綾的情形，也和我們一樣，想不到現在情形有了改變！

我一面欣喜，一面卻立刻考慮到了自身的處境和能力，想想在狄可和陰主之間，我能起甚麼作用？他們的能力如此高超，我有甚麼可為？

當然，我也不妄自菲薄，狄可來找我，李宣宣也有這樣的暗示，可知「天生我才必有用」，在這件事情上，我一定有我的作用。

自然，最「安全」的做法，就是抽身退出，不去管他們的事——如果那樣的話，衞斯理連替少年芭蕾舞校剪綵的資格也沒有了！

而且，我認為我們也不必再繞圈子，所以我立刻道：「那麼，是不是我和他們直接見面？」

李宣宣大是欣喜：「衞先生真是解人！」

她用語甚是古雅，上幾次我曾戲問她究竟是哪一個年代的人，她笑著回答我說「女人的年齡是秘密」。

她讚了我一句，接著又道：「可是，不能見面。」

我皺了皺眉，如今的情勢，分明是他們有求於我，竟然還吝於見面，這未免太說不過去了。

李宣宣立即看出了我的不快，她笑了起來：「對不起，我開了一個玩笑——見面的意思，當然不是指見到對方的面孔而言。」

我不禁「啊」地一聲，輕拍了一下自己的頭。我確實誤會了李宣宣的意思——地球人之間的見面，確然都可以看到對方的面孔，但和外星人見面，就有可能不能真正地「見面」，如果對方的形體是根本沒有面孔的，如何能見？

我也道：「該對不起的是我！」

李宣宣道：「事實上，連我也從來沒有見過他們，根本不知道他們的形體是如何的。」

紅綾忽然加了一句：「或許，根本沒有形體。」

我們都不為紅綾的話感到甚麼駭異，因為高級生命的形式，沒有形體，在我的經歷之中，早已出現過了。

李宣宣又道：「也有許多事，他們從來也未曾對我說過，我也沒有這個好奇心去求知，所以，衛先生和他們直接『見面』，就最好了！」

我望向白素，白素還未曾有反應，李宣宣就已經道：「這事，越少人知道越好，衛先生日後一定會明白他們的苦衷。」

我本來是想和白素一起去的，誰知道李宣宣一下子就拒絕了。

我怕白素不快，白素淡然道：「不必日後，現在我就知道他們的苦衷——少一個人知道，狄可也就少一分得知他們秘密的可能。」

李宣宣點頭：「我看多半是這個意思。」

既然他們有「苦衷」，我自然也不便堅持，李宣宣伸手自她的腰包之中，取出了一隻扁平的盒子來，我還沒來得及說甚麼道別的話，眼前一花，一片黑暗閃了一閃，就已進入了一個灰濛濛的境界之中。

對於這種環境，我並不陌生，上次到陰間時，也曾有過類似的經歷。

（八）宇宙遊魂

我儘量使自己神智清醒，耳際已聽到了聲音（我不知道是不是真的有聲音，但我是聽到了），那聲音並不陌生，正是我少年時曾「聽」到過的！

那人道：「衞先生，我們又接觸了，對你來說，很久了吧！」

那是很平常的一句話，可是聽入我的耳中，卻真的令人感慨萬千！

我長嘆一聲：「真的很久——大半生了！」

我知道我的感嘆很難引起對方的共鳴。對地球人來說，地球時間的幾十年，那是地球人生命的一大半了。可是對外星人來說，尤其是多向式時間的外星人，他們的生命之中，幾十年，只怕猶如地球人的彈指之間！

但是對方還是靜了一會，才道：「發生了很多事。」

我感到需要坐下來，我知道在這裡，在這種灰濛濛的境界之中，十分奇妙，一切都只憑感覺，腦部活動所產生的感覺，就像是真實的感受一樣。

這時，我「想」要坐下來，我只要坐下，在感覺上，就不會再站著，而是坐在一張極舒服的椅子上。同樣地，我想喝酒，手中就會有酒杯，杯中有醇酒，酒入口，就會有暖流在身中流。

這一切感覺，本來都需要一些物質來刺激腦部活動，才能產生，但是在這裡，另外有種力量刺激腦部的感覺區域，產生同樣的感覺。

我在坐了下來之後，根本不去判斷我的手中是真有一杯酒，還是根本沒有酒，我只是盡情地喝了一口，享受著酒進入血液之中的舒暢，然後，我索性擱起了腳：「說來聽聽，究竟發生了甚麼事？」

我在這樣問他們的時候，心中暗自盤算了一下，他們建立「陰間」，應該有很多年了，「陰間」的傳說是從甚麼時候開始的？至少要以千年計，但他們上一次和我接觸，要我找師父，卻不過幾十年，這時間上的差異，只怕是由於不同的時間觀念所造成的。

我的思緒很亂，看來對方也好不到哪裡去，我聽到了一陣支吾之聲。反倒要我提醒他們：「我們這一次相會，我認為相互之間，不應該再有任何隱瞞。」

對方立即道：「是！是！只是……實在不知從何說起，太紛亂了！」

我再喝了一口酒：「從頭說起如何？」

這時，我又聽到了另一把聲音：「就從思想儀說起好了。」

狄可曾說過，第二十九組宇航員，一共是四個，那應該有四種不同的聲音，所以我聽到了另外一把聲音時，並沒有訝異，我心中把第一次聽到的聲音，編為「一號」，第二把聲音，編為「二號」。

我在這樣想的時候，自然而然說了出來：「二號說得有理，就從思想儀說起。」

他們居然立即接受了我的稱呼，沒有異議。

我之所以同意二號的話，是因為我感到，他們的星體上，所有的問題，都由於思想儀的出現而衍生，所以要從頭說，非從思想儀開始不可。

一號「嗯」了一聲：「好，就從思想儀開始。」

他這樣講，我以為是從那儀器如何發明開始說，誰知不是，一號略頓了一頓，才道：「思想儀的操作，四人一組，這四人一被選中，就是一個永遠的結合。」

他說的情形，我不是很明白。我知道，聽他講「發生了許多事」，其中一定有很多地方是我不明白或者不很明白的。我不可能每一件事都詳細問，如果只是「不很明白」，我大可以憑自己的想像使自己明白。

像剛才的那幾句話，我可以設想那「永遠的結合」，一定是真正的「永遠」，因為四個人之間，絕無個人秘密可言，要四人合而為一，也自然容易得多。

就在這時候，忽然又有另一把聲音加入：「要不要先讓他看看思想儀？」那是「三號」的聲音了。一號道：「有甚麼作用？那不過是一具儀器。」三號道：「看了之後，或者在敍述時比較容易，至少可以使他有一個概念。」我不等一號再有異議，就道：「好，我想看一看。」

靜了一會，我眼前突然出現了一個奇形怪狀的東西。那東西的形狀，是難以形容的，總之是許多部件組成的儀器，就是把一部電視機的外殼除去，再把內部的組件，複雜一百倍後的樣子。

確如一號所說，給我看並沒有甚麼意義。

三號的聲音傳來：「請注意左下角那六角形的物體上的熒屏。」

那一大堆儀器上，各種形狀大小的熒光屏，少說也有一百個以上。三號一提醒，我就去看左下角，看到了一個立體的六角形物體正在轉動，很快的，每一個平面上，都是熒光屏，熒屏上都有影像在顯示，但由於轉動得太快，所以看不清畫面。

突然之間，那六角形體停止了轉動，其中有一個畫面，面對著我，使我看清了畫面的影像。

一看之下，我大是驚訝，我看到了兩個人，站在一具極古怪的，如同半打開的厚書本之前，那「書本」的每一頁，都有無數閃亮的光點。

那兩個人，不是別人，正是我和白素。

這情景，正是我和白素上次在李宣宣的帶領下，進入陰間的情形！

他們把上次的情形記錄了下來——可是這時，讓我知道有這樣的記錄，目的何在呢？

我沉聲道：「我看到了，這是我們上次來的情形，你們重現舊時情景的意思是——」

一號道：「絕沒有甚麼高深的意思，只是想給你一個概念。」

我問：「甚麼概念？」

一號的回答，很出乎我的意料：「思想儀體積大小的概念。」

我怔了一怔，的確，我的眼前雖然出現了思想儀，整座看來複雜無比，但是它的體積究竟有多大，我卻一點概念也沒有。

一號又問：「現在，你看到自己，你以為有多大？」

我看上去，那熒屏只不過如一張郵票大小，當中的我和白素，雖然五官分明，但是在感覺上很小，所以我道：「很小，頭部如火柴頭大小。」

一號立即道：「不是，你看到的人，和真人完全一樣大小，你覺得小，是因為整座思想儀太大，大到了超乎你想像之外！」

我呆了好半晌，說不出話來——我在盤算著那所謂「思想儀」，究竟有多大。

如果我看到的自己和白素，是和真人一樣大小的話，那麼這思想儀的大小，就如同一座化學工業工廠。它至少有六十公尺高。

這當真是意外之極的事！

一號道：「現在，你明白這儀器是如何複雜了。」

我長長地吸了一口氣：「超乎想像之外。」

一號竟然嘆了一聲：「它的作用極廣，組成的部件極多，少了一部分，其他部分，還是可以運作的。」

我苦笑——以前，曾有「陰間三寶」之說，現在看來，萬寶還不止。

我仍然不知道他們真正想說明甚麼。一號繼續向我解釋思想儀的功能：「每一個部件，在單獨運作的時候，各有作用。」

我用力點頭——我不知道他們是不是看得到我，但這是我自然的反應。我道：「是，我知道，例如一個圓環，可以使人的記憶組，立即進入陰間之類。」

一號道：「是，你是明白人，我們應該早就請你擔任陰間使者。」

我大聲道：「謝謝，不過我想我不會接受，關於陰間，我有許多疑問——」

我說到這裡，略頓了一頓，希望他們能夠接下去，向我解釋「陰間」的一切。

誰知道一號的反應卻是：「是不是可以先討論比較急切的問題呢？」

我「嗯」了一聲，知道他所謂「急切的問題」，是指狄可和他們之間的關係而言。這也正是我能和他們接觸的原因，我也不便反客為主，所以我道：「好——思想儀如此巨大，狄可的那一座，藏在甚麼地方？」

這個問題一出口，我就發現自己問了一個蠢問題——我是這樣想的：狄可棲身於勒曼醫院，勒曼醫院的規模雖然大，但是要在格陵蘭的冰層之下，放下一座那麼巨大的思想儀，也不是易事，所以才有了這個問題。

及至問題衝口而出，立即想到，多方向的時間，自然也形成多種的空間，根本不存在巨大與否的問題。

果然，我的問題沒有得到回答，過了片刻，才聽得一號道：「你明白了！」他這樣說，表示他知道我在想甚麼，我苦笑道：「思想儀的功能真不錯。」一號也不客氣：「只要幾個部件組合，就可以了解地球人的思想，甚至預測地球人的一生。」

我聽了之後，心中一動，脫口就問：「要多少部件的組合，才能使你們同類之間，互相捕捉到對方的思想？」

看來，我這個問題，問對了刀口，一號、二號和三號同時發出了一下古怪的聲音——應該有四個人，但我一直只聽到三把聲音。

接著，一號就極簡單地回答：「全部。」

我又靈光一閃：「現在我看到的思想儀，並不是完整的全部？」

我之所以有這樣的靈感，是因為我想到，他們一直在躲避狄可的追尋，那一定是雙方之間的力量有強弱之分，弱方在躲避強方。

若他們不能操作思想儀，那麼強弱之分，顯而易見。可是他們也能操作，地位應該是對等的，但居然有了強弱之分，可見是他們的思想儀，有了問題。

現在，事情已經很明白了——要全部組件齊全，才能起到他們同類之間「互相了解」的功能。他們的思想儀若有殘缺，那就是狄可能了解他們，他們不能了解狄可，自然高下立判了。

我知道我問得很對，因為我知道思想儀的部件，曾在陽間零散出現過。

果然，一號的回答是：「不是，不是整個。」

我追問：「殘缺了多少？」

一號又遲疑了一下，我知道我的問題，涉及的秘密，甚至會影響他們的生存，對他們來說，是頭等大事，所以並不期待著立即有回答。

過了一會，我得到了答案：「比四分之一多一些。」

這個答案，很出乎我的意料之外，我以為只是少了一兩件而已，而如今殘缺不全的部分，竟然超過了四分之一，那麼，思想儀的功能，還剩下多少？

我心中的疑問，不必問出來，他們自然知道，一、二、三號的性格也各有不同，看來一號是主，其餘是副手，而三號的性子，最是爽直。

我聽到的是三號的聲音：「差之極矣，連一半都不到，不但沒有能力和狄可對抗，而且根本回不了家，我們是宇宙遊魂！」

聽了三號的話，我不禁苦笑，他們是陰間主人，對地球人來說，集神秘權威於一身，連帝皇都不能和他們相提並論，是一種令人羨慕之至的身分。

可是他們卻自稱「宇宙遊魂」。

但是仔細想一想，卻也有理得很。不論他們的能力如何高強，但只要回不到自己的星體的，都是宇宙遊魂，他們是，原振俠也是。

我也跟著嘆了一聲：「很可惜，當年的意外一定很驚人，我不敢問能幫你們甚麼。」

三號道：「你可以幫我們——幫我們找……找……」

他連說了幾次「找」，可是要我找的是甚麼，他卻又說不出來。

這時，我只感到事情越來越怪異，連想問問題，也不知如何開口。

過了一會，三號才道：「幫我們找一個人！」

我苦笑：「你們如此神通廣大，要找一個人，怎會要我幫忙？」

三號道：「那倒不見得，狄可要找我們，不是也要你的幫忙嗎？」

他這樣說，乍一聽，不是很明白，但接著一想，我便明白了，我不由自主地，發出了「啊」地一聲——他們要我找的，不是地球人。以他們的能力，要找一個地球人，再容易也沒有。他們要找的，是他們的同類。

而且，我立刻想到，他們要找的那個人，一定是二十九組四個宇航員之一，我可以稱他為「四號」。

我一想到這裡，失聲問：「不是說是『永遠的結合』嗎？怎麼會走了一個？」

我是突然想到這一點的，問題衝口而出，自然在用詞方面，沒有甚麼修飾，只是據實而問。或許這正是他們的傷心事，我的問題觸及了他們的痛楚，所以在接下來的十來秒時間中，我並沒有得到回答，只是「聽」到了一連串古怪的聲音。

我忙道：「對不起，我想你們四個人一組，有一個組員離開了你們，是不是？」

一號先恢復正常：「是，我們不知道原因何在——他還帶走了超過四分之一的思想儀組件。」

我聽得出一號的聲音之中，充滿了憾意。我道：「我不知道你們的情形如何，但是在地球上，根本就沒有甚麼『永遠的結合』這種情形。」

他們都不出聲，我又道：「同樣的，狄可也不知道你們為甚麼要離開星體，不再和星體聯絡。」

他們仍然不出聲，我等了一會，同時，也打量眼前可以看到的，複雜無比的思想儀，我心中在想，當年我見過的「鬼竹」，不知屬於哪一個組成部分，整個思想儀那麼巨大，萬千個組件，要找一個小零件，談何容易。

我正在想著，一號的聲音又傳來：「你幫我們找到他，你稱他為四號，你幫我們找到四號，我們的困難，就容易解決得多了。」

我攤開雙手：「若是我有這個能力，我願意幫忙。」

一號道：「你有，因為你曾和他有過接觸。」

我大是驚訝：「那怎麼會？」

一號的話，令我很是疑惑，但他繼續説下去，我就恍然了。

他道：「當年，要求你找王天兵，取回一個思想儀部件的人，就是他。」

我「哦」地一聲：「我還以為是你，你和他的聲音，很是相像。」

一號道：「是，剛才我用同樣的音頻裝作是他和你溝通。」

我道：「就算是這樣，我也沒有法子幫你們把他找出來，我到哪裡找他去？」

一號吸了一口氣：「當年他告訴你的聯絡方法。」

我更是訝異：「想他，他就和我聯絡？」

一號的回答，把我的訝異更推向高峯：「是的，當年他告訴你這個聯絡方法之際，已把一個密碼，植入你的腦中，你一想到他，那密碼就發生作用，他就會收到你發出的訊息。」

一號的說法，當真是匪夷所思之至，我悶哼了一聲：「既然如此，反正你們可以知道我想些甚麼，就在我腦中探明了那個密碼，直接去找他好了。」

三號「哼」地一聲：「如果我們能那麼做，早就那樣做了，何用你來提議？」

三號說來，很是憤懣，但是我並不怪他，他的話，令我知道，他們現在所擁有的那殘缺不全的思想儀，雖然還可以建立令地球人感到神秘莫測，不可思議的「陰間」，但是所失去的功能，也著實不少，至少，他們就不能獲知四號植入我腦部的「密碼」。

剎那之間，我思緒紊亂之極，許多問題湧了上來，我用力拍打了頭一下，說：「你們的意思是，只要我一想，四號就會知道？」

三號略為糾正了一下我的問題：「只要你一想到當年他託你的那件事，他就會收到你發出的訊息。」

我再問：「那麼，現在我想，他也知道，他知道我們正在討論他？」

三號道：「思想儀雖然功能不齊，但是阻止訊號擴散的功能還在。」

我「啊」地一聲：「在這裡，不論想甚麼，訊號都發不出去？」

三號道：「當然。不然，狄可也早已找到我們了。」

我總算有一些明白了——但實際上，我還是置身於一團迷霧之中。

但是我至少理出了一個頭緒來：如今我身在「陰間」，和他們在溝通，那情形，和狄可找上門來是一樣的。

狄可來找我，目的是要找出當年失散了的第二十九組宇航員。

而他們三個人和我聯絡，目的是要找出他們同組的一個組員來。

我吸了一口氣：「我不知道你們當年失散的原因，但是，我猜想，他躲避你們的原因，就像你們躲避狄可的原因一樣。」

我的意思是：你們既然自己也在躲避，就不要把同樣在躲避的人找出來了，就維持現狀吧！

誰知道三號疾聲道：「我們和他的情形，大不相同！」

三號的話一出口，就聽得一號和二號，不約而同，發出了一下類似呻吟的聲音。我立刻可以感到，這其間，一定大有隱痛在。

三號的聲音再傳來，但這一次，他顯然不是和我在說話，然而，話卻又是說給我聽的，他道：「既然要請人幫忙，就該甚麼都告訴人家！」

三號的話深得我心，我忙道：「要是我知道得多一些，行事自然方便。」

三號立即道：「我們有家歸不得，成了宇宙遊魂，又要逃避狄可的搜尋，就是為了他，他離開了我們，使我們的一組潰散了！」

我總算明白了！

問題不是出在二十九組整組宇航員身上，而是出在其中一個宇航員身上！

這個宇航員——四號離開了組合，令得整組都成了遊魂！

並不是整組有了反叛的行為，只是其中的一個人。

我無意義地揮著手：「你們的思想儀殘缺了，無法找到他，狄可的思想儀卻是完整的，何以也不能找到他，甚至不知道發生了甚麼事？」

一直發言不多的二號，忽然感嘆：「正如你們所說的——天意。」

我不明白他的意思，等他作進一步的說明，他卻又不再出聲，過了一會，一號才道：「在一次意外之中，思想儀受了嚴重的損毀，基本上分成了兩大部分，A部分是整個儀器的四分之三左右，而B部分，則是四分之一，還有不少部件，估計約有七八十件，則離開了整體，不知散落在何處，後來，找回了許多，但始終還有的沒找回來。」

我用心聽著，知道那「鬼竹」是散落的部件之一，在人間流傳，成了人間的寶物。

(九)「媽被人抓走了!」

一號又道:「思想儀受到了嚴重的損毀之後,反倒發現了本來絕不可能發現的一項功能——它能反擊其他思想儀的探索功能。」

我迅速地消化一號的話,他的話不難明白。本來,他們每人對思想儀都珍而重之,保管唯恐不及,怎會讓它有絲毫損壞,所以那項功能,便隱藏著未被發現。

在一次意外之中,它損壞了,這項「反擊」的功能,才顯示了出來。

也就是說,擁有損壞的思想儀的人,可以抗拒其他思想儀對他的探索,使其他的思想儀喪失了主要的作用!

我問了一句:「A部件和B部件都有這功能?」

一號道:「是。」

事情更明白了,正由於如此,狄可找不到一、二、三號,一、二、三號找不到四號,狄可也找不到四號!

一時之間,我只覺得事情滑稽之至,簡直是無可比擬的黑色喜劇!

試想一想：一個星體上的高級生物，在文明發展到了高峯之後，出現了「思想儀」這樣的發明，使他們的生活，起了天翻地覆的變化。這種儀器，使得能操作它的人，成了絕對的特權階層，不懂操作它的人，絕沒有反抗的餘地。

這其間，曾有過甚麼樣的鬥爭，也可想而知。而忽然之間，一個意外，發現了思想儀同樣也具有保護作用，可以使個人秘密不為其他思想儀偵知！

那從表面上來看，是一種倒退——退到了沒有思想儀的時代，但是，在久已沒有個人秘密的生活方式下，忽然發現個人秘密竟然又可以保存，那該是一種甚麼樣的心情呢？

失蹤的四號，似乎已以行動回答了這個問題：他寧願享受個人秘密，不想歸隊。

想到這裡，我忍不住問：「你們三個，還在一起，也是無可奈何的事吧？」

我的問題，並沒有得到回答，顯然說中了他們的心事。我的估計是：當年有了意外，四個人分開了，一個人（四號）落了單，又發現有能力使他的同伴找不到他，於是，他就躲起來了，徹底享受一個人的樂趣。

其餘三個人，由於沒有分開，所以仍然在一起，由於無法交待何以少了一個人，也由於知道了「思想儀」具有抵抗的功能，所以他們也成了游離分子。

不過，關鍵還是在四號身上。

如果四號出現，二十九組復合，整「組」的和個人的決定如何，就有可能大不相同。

我想到這裡，已聽到了三號的聲音：「你終於明白我們的情形了。」

我已經想好了說話，我道：「四號享受個人生活的樂趣那麼久了，我想，就算我腦中的密碼還有效，他也不會與我聯絡。」

一號的聲音有點遲疑：「請你試一試！」

我不禁有點啼笑皆非，因為我再也沒有想到，和陰間主人溝通，他們竟會提出和狄可相同的要求。

試一試，自然沒有問題，我也答應得很爽快，同時聲明：「我絕不是提條件，但是我想弄清楚一些事。」

三號也爽快：「請問。」

我道：「當年的意外是怎麼的一回事？」

三號嘆了一聲：「我們沒有犯錯誤，只是恰好遇上一股產生在地球和太陽之間的大磁暴，使我們的飛行受了影響。宇宙船在進入地球的大氣層之後，距地面約一千公尺處解體。」

我沒有出聲，那自然是可怕之極的意外，若不是他們的生命形式是「不會死」的，自然早已死亡。

三號又道：「在解體的過程中，思想儀嚴重損毀。我們三個自一著陸地，就收集思想儀的部件，同時找尋四號。」

他略頓了一頓：「四號一直沒有出現，但我們知道他也在從事和我們同樣的活動——搜尋解體了的思想儀的部件，結果，他找到了四分之一，我們找到了四分之三。」

我十分疑惑：「你們怎知道四號也在搜尋思想儀的散落零件？」

三號道：「零件散落的範圍極廣，有的甚至在一千公里之外。解體的地點，是在中國的關中平原上空，散落的物件，在地球上，地球人自然不知道那是甚麼，但若被人發現了，偶然也可以發現它們特異的功能，於是這些東西，都成了人間的寶物。我們知悉甚麼地方發現了寶物，等我們找到那地方時，往往已被人捷足先登，所以我們知道四號也在做同樣的事。」

我呆了半晌，思想儀的部件，成了「寶物」，我是早已知道的了，如「鬼竹」、「許願寶鏡」等等，都是思想儀的零件。

此際令我發怔的是，究竟有多少傳說中的「寶物」，是當年解體的思想儀的零件呢？

若是歷史傳說中的各種寶物，原來都是從思想儀上來的，這不能不算是一大發現。

我首先想到的是和明太祖以及沈萬山有關的「聚寶盆」——我有一段經歷，就和這件寶物有關。

我吸了一口氣道：「有一件很著名的寶物，叫『聚寶盆』，不知是不是思想儀的零件？」

一二三號齊聲問：「怎麼樣的，有甚麼功能？」

我把聚寶盆的功能說了說，至於樣子是怎麼樣的，我沒有見過，只好想當然，說是一隻盆那樣。

一二三號又同時發出低呼聲：「是，是，一個很有用的部件，能複製金屬——叫四號拿去了。」

我搖頭：「不，叫中國的一個皇帝毀壞了，據說碎片埋在南京城牆下，有兩塊碎片曾出現過。」

三號十分高興：「有碎片，我們就能還原，只要真是埋在南京城牆下，我們很容易找得到，謝謝你，再找到部件的機會已經不多了，你提供的消息真好。」

想不到我隨便一問，會有這樣的結果，那零件要是能復原，倒真是一件美談了——我早就假設過，聚寶盆是「太陽能金屬立體複製儀」，如今便證明正確。

多年前的一種假設，能夠得到確鑿的證實，這令人感到欣喜。

然後，我提出了關鍵性的一個問題：「如果——我是說如果，四號歸了隊，你們打算怎樣？」

這個問題，一定令他們感到很為難，所以連一向回答爽快的三號，也不是立刻就有回答。過了一會，才聽到了他的聲音：「到時候再商量。」

我嘆了一聲：「請恕我直言，你們的潛意識之中，都有享受『獨處』的願望，並不希望過著一切思想都透明的生活。」

三號無力地反駁：「不對，毫無秘密的生活，正是我們一貫的生活方式。」

我毫不留情：「那麼，四號若是歸了隊，你們全組，也都應該歸隊，還商量甚麼！」

又是好一陣子的沉默，我忍不住問：「狄可一再保證，說你們若是出現，不會受到甚麼處罰，只是需要說明這段時間做了甚麼——他的話實在嗎？」

一號嘆了一聲：「實在——在我們之間，不存在處罰這個問題，問題是我們如果回去，必然會把思想儀在某種情形下，可以抗拒思想收集的功能這個秘密帶回去。而這個秘密一傳播開去，我們之間的生活方式，就會起天翻地覆的變化。」

聽了一號的這一番話，我對整件事的了解，又加深了一層。

他們和狄可，都是屬於懂得操作思想儀的人，在他們的社會中，是絕對的特權分子。

但如果一旦被所有人知道，原來利用思想儀，可以抗拒思想被收集，那麼，他們的特權就消失了。用地球上的情況來譬喻，等於是老虎沒有了爪牙，特權分子失去了權力。

那對特權分子來說，糟糕之至。

看來，一二三號偉大到了寧願自己做遊魂，也不願這個秘密擴散，所以才要商量。

我隨即又想到，四號呢？

四號的想法，顯然和他們不同，四號一直躲藏著，當然不是為了保守這個秘密，而是一直在享受著個人生活的樂趣。

四號始終是關鍵人物，對於這樣一個勇於突破整個星體生活方式的人物，我真的想和他有所聯絡。

我由衷地道：「我一定盡力與他聯絡。」

三號道：「謝謝你——當年，我們得知了『鬼竹』的消息，但被他捷足先登了。」

三號的話，又引起了我許多聯想。『鬼竹』是思想儀的一部分，早年，這「寶物」由我的一位堂叔，不知通過甚麼途徑得到，並送給了我武術的啟蒙師父王天兵。

王師父是一個極怪的怪人，他是傷心人別有懷抱，來歷古怪之至（他的來歷和我與他之間的關係，都記述在《少年衞斯理》故事之中）。

四號知道了「鬼竹」的下落，但是一時之間，找不到王師父，於是和我有了溝通，想通過我找王師父。

我也未能和王師父有任何接觸。

「鬼竹」終於到了四號手中，可知四號後來，通過別的方法，找到了王師父。

「鬼竹」在四號的手中，這個事實，又關係著原振俠醫生的下落，因為原振俠所思念的三個女性，她們的頭像，通過「鬼竹」而顯示在一張薄紙上。

由此可以推論，原振俠曾和四號有過接觸。

這就使我更想和四號聯絡了。

我在想的事，很是複雜，我聽到三號在問：「原振俠是你的好朋友？」

他當然是「捕捉」到了我的思想之後，才有此問的。

我的回答是：「他是很多人的朋友。」

三號再次說的話，令我感到極度的興奮，他道：「四號曾和他有過接觸。」

我深吸了一口氣：「何時？何地？」

三號過了一會才回答：「我無法告訴你——我無法使你明白。」

我嘆了一聲：「多方向的時間、空間？」

三號道：「是。」

我追問：「如果我把他的情形約略告訴你，你能不能使我明白？」

三號的聲音很為難：「且試一試。」

我就把原振俠在宇宙中迷失的情形，簡略地說了一遍。三號道：「你想知道甚麼？」

我問：「他現在在哪裡？」

三號道：「我們不知道，四號或許知道，如果他在和原振俠接觸時，曾在他腦中植入密碼的話。」

三號的話，雖然有敦促我要更努力去找四號的暗示，但是單為了弄清楚原振俠的情形，我也非努力和四號取得聯絡不可。

我用力握了一下拳，揮動了一下，以示決心。然後我還問：「四號和原振俠的溝通，是在他迷失之前，還是之後？」

在我來想，這個問題雖然重要，但是卻十分簡單，只要回答「之前」或是「之後」就可以了。

而問題的重要性是，如果那是在迷失之後發生的事，那麼，原振俠就並沒有如我們和瑪仙想像那樣的迷失，而是他還在進行活動，只不過是在不同的時空之中而已。

我提出了這個問題之後，有好一會聽不到回答，我催他們：「這問題很難回答嗎？」

一號的聲音傳來，他居然道：「是，應該說很難回答得讓你明白。」

我先是呆了一呆，但立即明白他的意思了。所謂「之前」或「之後」，還是「單向式時間」和「多向式時間」的問題。所謂「之前」或「之後」，都是單向式時間中才有的事。

而原振俠如果進入了多向式時間，就根本無所謂「之前」或「之後」了，究竟是甚麼情形，不是我這個「夏蟲」所能聽明白的。

我順口問了一句：「原振俠和四號在一起，一定是在多向式的時空中麼？」

三號道：「當然，不然他何以能使用四號的顯像儀，把他思念的人現出來？」

我心中一動：「那麼我呢？我現在和你們溝通，是不是也進入了多向式的時空？」

三號語氣平淡：「你現在的情形不同，你只是通過了儀器的幫助，和我們取得了聯絡。」

我失聲道：「甚麼？我以為和上次一樣，我已經進入了陰間，難道上次我也沒有進入陰間，只是通過儀器，看到了一些情形？」

三號有點無可奈何：「可以說是這樣。」

我不禁大是氣餒——我一直以為自己曾有「陰間來回」的經歷，原來不是那麼一回事，打個譬喻，我只像是在電視畫面上看到了陰間，並不是真正到過陰間。

我大聲問：「那麼，我現在在哪裡？」

我得到的回答是：「一個特別安排的空間，可以和我們溝通。」

我用力搖著頭：「把我帶到真正的陰間去。」

三號道：「不能——那必須使你的靈魂離體，那不是一件有趣的事。」

我堅持：「我有過不止一次靈魂離體的經驗。」

三號道：「那就夠了，何必再冒一次險。就算你的思想跑到了陰間，情形也和現在一樣。」

我早就有「只有靈魂才能進入陰間」的概念，也知道他們確有能力令靈魂進入陰間，像陰間使者，使用一些儀器，就可以達到這個目的。當年陰差就曾放出「催命環」，令曹普照全族的靈魂到了陰間。

不過我也相信可以有例外，我道：「陰差和李宣宣又怎麼樣？」

三號道：「作為替我們工作的使者，他們並沒有到過陰間，情形和你一樣。」

我不相信：「他們甚至可以把思想儀的部件帶到人間去，怎會到不了陰間？」

三號嘆了一聲：「唉，那是我們離開了多向式時空，交給他們的，你若是堅持要以靈魂離體的方式進入多向式時空，可曾想到過，對你來說，即使是倏去倏回，對在單向式時空中的人來說，可能已是上下五千年，縱橫百萬里了。」

三號的這幾句話，倒令我怵然而驚。若是世上只有我一個人，我會毫不考慮。但是我還有白素，有紅綾，我不能不考慮她們。

那是一個極不可測的時空，看來我無法闖進去了。

我發了一陣悶，才無精打采地說：「還有兩個問題要請教。」

三號道：「請問。」

我道：「那個陰差——」

我本來想問的兩個問題，一個是「那個陰差現在在哪裡」和「你們為甚麼要為地球人的記憶組，建立一個陰間」。可是我才說了四個字，就聽得他們齊聲道：「等一等。」

這一下聲音，來得很是急促，一聽就使人知道，有甚麼突發的事故。果然，接著就是三號的聲音：「你女兒要你立刻回去——這是我們才收到的訊號。」

我陡然一驚，失聲道：「快送我回去。」

儘管那兩個問題，都是我極想知道的，但是紅綾忽然發出了那樣的訊號，就必然有非常的事故，這兩個問題的答案，也只好求諸日後了。

他們一起答應了一聲——這一次的時空轉移，我相信是由他們親自主持的，所以比李宣宣所施展的，更加神奇，他們答應的聲音，還在我耳際，我就同時聽到了紅綾的聲音：「爸怎麼還不出現？」

接著，就像是從虛無進入了現實一樣，不知是我從無到有，還是我周遭的環境人物，從無到有，一切一下子全都顯現了出來，我立即融入了周遭的環境之中，那情形很有點像感了光的相片，在定影液之中，漸漸顯示畫像出來一樣，但是身歷其境時，又有說不出來的詭異。

我變成處身在一片空地上，有幾株大樹，我不知道那是甚麼所在，只是看起來，那地方很是荒僻，紅綾正在團團亂轉，抓耳撓腮，看起來她心中很是焦急。

而曹金福在她身邊不遠處，只是遠遠地望著她，一副無助的神情。

兩人竟然都未注意到我的出現，我大叫一聲：「我來了，甚麼事？」

兩人立刻循聲望來，神情驚訝莫名。

後來，他們一致說：「聽到了你的聲音，望過去，還是甚麼也看不到，但是迅速地見到了一個人影，由淡到濃，轉眼之間，你就實實在在，站在那裡了。」

他們看到的情形，和四周的環境逐漸顯現一樣，那可能是人視覺上的一種感覺。

他們看到了我之後，紅綾大叫一聲，夾著一股勁風，向我撲了過來。

雖然她的經歷，使她成了絕非尋常的人，可是此際，她向我撲過來時，雙眼之中，淚花亂轉，一臉的惶急無依的神情，還是和一般處於驚恐之中的小女孩無疑。我一看她這種情形，就知道她需要的是父親的擁抱。

所以，一等她撲到了身前，我立刻張開雙臂，把她抱住，她也抱住了我。

我沉聲道：「天大的事，先別發慌。」

紅綾嗚咽著——這也夠令我吃驚的了，接下來她所說的話，更令我頭皮發炸，全身冰涼。

她叫：「媽給人抓走了！」

我伸手握住了她的手臂，一開口，連聲音都變了，我也在不由自主地嘶叫：「你說甚麼？」

紅綾的淚水奪眶而出，叫的還是那一句：「媽給人抓走了！抓走了！」

我望向曹金福，曹金福顯然不知道發生了甚麼事，一片茫然，看來極度無助。

我知道在這樣的情形下，我的態度極其重要，若是我也不能鎮定，如何令紅綾定下來。

我深吸了一口氣，已經令得我的神態，完全恢復正常，我輕拍著紅綾的臉頰：「你媽不會有事，只管慢慢說。」

紅綾一下子抓住了我的手，抓得極緊，她大口喘了幾口氣，漲紅了的臉，漸漸回復了正常，她向上指了一指：「我和媽來到這裡，突然眼前一黑……像是有一團黑霧罩下來，一下子就向上提，我用力向下一沉，他……」

她說到這裡，向曹金福指了一指：「他剛好趕過來，攔腰一把抱住了我，我和他才沒被抓走，可是黑霧卻把媽抓走了！」

紅綾的話不是很難懂，可是聽來卻是亂七八糟的，而且此際我雖是勉力鎮定，實際心亂如麻，所以一時之間，很難想像是甚麼樣的情景。

紅綾見我沒有聽明白，急得連連頓足，曹金福道：「紅綾和衞嬙在前面，我看到一塊大石旁，有一樣東西，透著古怪，低頭去看，就聽到了紅綾的叫聲，一掉頭，看到一股黑氣，自天而降，迅疾無比——」

我越聽頭越大，忍不住大喝一聲：「一個說是一團黑霧，一個說是一股黑氣，究竟是甚麼？」

紅綾道：「我感到是一團黑霧。」

曹金福道：「我看到是一股黑氣。」

紅綾一頓足：「黑氣臨頭，我和媽媽被罩住了——」

（十）一丘之貉

她說到這裡，我已明白了！

她人已被黑氣罩住，自然只感到是一團黑霧，曹金福人在遠處，所以可以看到罩住了紅綾和白素的，是一股「自天而降」的黑氣。

我大是駭然：「那黑氣的上端在何處？」

曹金福答不上來，他搓著手：「當時我實在太慌亂了，沒有注意，我一見到這種情形，就飛撲了過去，才抱住了紅綾，還想去抓衞嬸，但已抓了個空，接著，眼前一亮，黑氣就不見了。」

紅綾接了一句：「媽也不見了。」

我抬頭向上望，青天白雲，一點異象都沒有。

這時，我心中的疑問，翻滾如潮。首先我想到的是，能夠在剎那之間，用這種方法把人「抓走」的，那自然不是地球人的力量。

而我也正在與外星人打交道，狄可和一二三號，都是外星人，他們都有能力做出這種事來。

但事情不會是他們做的——事情發生時，一二三號可以說是和我「在一起」。而狄可有求於我，自然也不會對白素有不利的行動。

我立即想到的是四號。

紅綾仍然語帶哭音：「我一發現媽不見了，立刻就想到向爸緊急求救，你真的一下子就出現了。」

我是正在和一二三號交談，由他們通知我紅綾急著想找我的，那自然是紅綾一著急，使她本來就極強的腦訊號更強，一下子就被他們的儀器接收到了之故。

我吸了一口氣：「別急，多半是甚麼外星朋友把她請了去，方式奇特了一些，難怪你吃驚。」

我的話，不但安慰了紅綾，也安慰了自己，我四面看看，仍然覺得環境很陌生，而且極度荒僻，我問：「這是甚麼所在？」

紅綾的回答，出乎我的意料之外，她竟然道：「我不知道。」

我向曹金福望去，他也搖頭。我道：「那你們到這裡來幹甚麼？」

這一次，紅綾和曹金福兩人一起回答，答的居然又是那三個字：「不知道。」

我一頓足：「這像話嗎？」

我話一出口，立時想到，且別忙著責備他們，或許是白素帶他們來的。

我放緩了語氣：「是你媽帶你們來的？」

紅綾道：「不是，媽也不知道到這裡來幹甚麼——」

不等我再發問，她就接著說：「是鷹兒帶我們來的。」

我「哦」地一聲，「那鷹？」

紅綾用力點了點頭，忽然之間，現出很有信心的樣子：「我也是急慌了，鷹兒不會害我，媽一定不會有事。」

紅綾的話，令我也略定了定神，我作了一個手勢，示意她把經過的情形說一說。

經過的情形，再簡單也沒有，那飛走了的鷹，突然出現，紅綾自然高興，那鷹抓住了紅綾的衣服向外拽，雙翅騰撲。

白素和曹金福在一旁，白素道：「牠好像要把你帶到外面去。」

紅綾一面笑，一面道：「是啊，不知道想幹甚麼？」

她說著，拍打著鷹身，走了出去。等到紅綾出了門，那鷹又撲進門來，這一次，也是照樣子來找曹金福，等曹金福出了門，白素正在訝異，鷹兒又向白素飛來。

牠居然知道白素的身分和紅綾、曹金福不同，所以並不是用爪來抓白素的衣服，而是站定了之後，伸出一翼，翼尖指著門外，望定了白素，不住點頭。

白素知道那鷹極通靈，也知道牠這樣做，必有道理。只不過牠不會說話，能有這樣的行動語言，那已算是了不起之至了。

白素笑著：「好，我也出去。」

白素也出了門外，那鷹跟著出來，紅綾有趣得直拍手：「不知牠要我們幹甚麼？」

曹金福有點傻氣：「不知道是不是要我們和牠捉迷藏？」

正說著，那鷹一下子騰飛至停在門外空地的汽車上，用爪拍打著車子。

紅綾呆了一呆：「牠要我們上車——牠要帶我們去的地方很遠？」

白素點頭：「看來是，我們上車，由我來駕車。」

曹金福由於個子大，平時寧可走路，很怕坐車——車廂再寬，對他來說，也是窄小。這時，他感到有趣，打開車門，第一個把他老大的身子，塞進了車子。白素和紅綾也上了車，由白素駕駛，那鷹果然開始飛行，起先飛得低，在鬧市中，牠飛得較高，牠一直向北飛，總使車中的人可以看得到牠。三人心情輕鬆，一路上都在猜那鷹不知道要把他們帶到哪裡去，和會有甚麼事發生。

大約一小時之後，早已出了市區，在一條上山的路上駛著，那鷹就在離車子不到十公尺處飛翔，直到又下了山，已經遠離市區，四周十分荒僻了。

車內三人，藝高人膽大，自然不會害怕，只覺得有趣，過了一小時左右，就到了一處空地上，那鷹在一株樹上停了一停，飛了下來，停在一塊石上。

紅綾首先叫了一聲：「到了！」

她打開車門，下車奔到了那鷹之前，白素和曹金福也相繼下車。

曹金福身軀大，下車較慢，當他下車時，白素和紅綾已走在一起。那時，曹金福看到那鷹一飛沖天，白素和紅綾正抬頭在看牠。

曹金福正待向前走去，可是一步跨出，卻看到一塊大石旁，有光芒閃了一下。

曹金福走過去，想看清楚是甚麼在發光，可是他才轉身，就聽到紅綾發出了一下異樣的聲音，一回頭，就看到了那股黑氣罩住了白素和紅綾。

曹金福受過嚴格的中國武術訓練，電光火石般迅捷的反應，正是中國武術訓練的重要課題之一，他陡地一聲吼叫，人已向前飛撲而出。

當他撲進那股黑氣中的時候，先舒右臂，抱住了紅綾，再伸手去抓白素時，卻已抓了個空，緊接著，眼前一亮，黑氣消散，白素也不見了蹤影。

所有經過，都只不過幾秒鐘，紅綾首先想到了我，一二三號便立刻把我送了回來。

曹金福講述事情發生的經過，也沒有花了多少時間，從他的敍述來看，白素更像是被甚麼外星朋友請走了。有了這樣的概念，使我鎮定不少，我問：「那鷹呢？」

紅綾「啊」地一聲，像是到這時，她才想起了那鷹的去向。

後來，我和白素說起這情形（白素當然不會有甚麼凶險，那只是她的經歷之一），白素很是高興，我也是一樣。因為我們知道，紅綾極喜歡那頭鷹，幾乎和她當年喜愛靈猴一樣。但是白素一有事，她全副心思，便都在關懷母親的安危，連那鷹的去向，都顧不得了。

這時，她四面看看，又撮唇發出了幾下悠長尖銳的聲音，但是晴空之上，並不見有鷹蹤盤旋。

她喃喃地道：「鷹兒不會害我們。」

說了幾遍之後，她向我望來：「爸，我們怎麼辦？」

在那極短的時間之中，我已經使我自己，儘量在「想」——也就是把我的腦部活動，化成訊號發出去。

我的對象是四號，因為我覺得，我正和他們有交往，就發生了意外，那麼，最有可能的外星人，就是他們。何況我本來就要和四號取得聯絡。

對於紅綾的問題，我本來想回答「我們就在這裡等」，可是話還沒有出口，就看到紅綾雙眉一揚，「咦」了一聲，又望了曹金福一眼，一下子憂急的神情，一掃而空，咧著嘴笑了起來。

一看到了這種情形，我心中一動，脫口就大聲問：「你媽說了些甚麼？」這一問，看來突兀之至，但實在大有道理——紅綾的腦部活動能力強，接收訊號的能力，比普通人不知高了多少倍，白素如果要用特殊的方法報平安，我和曹金福收不到她發出的訊息，紅綾卻可以收得到。

看她的神情，突然由憂轉喜，那接收到的，自然是好的消息了。

紅綾給我一問，定過神來：「我收到了訊息，媽沒事，要不是金福抱住了我，媽媽的媽媽不願意見他的話，連我也接走了！」

我呆了一呆，才「啊」地一聲。

媽媽的媽媽！

白素是被她媽媽接走的！

在我的記載中，白素的媽媽，一直被稱為陳大小姐，這位陳大小姐的行事，也未免太古怪了些，早年她把紅綾帶走，害得我們全家，悽悽惶惶，苦不堪言，如今又來了這一手。

但是我轉念一想，這次的事，倒不能怪她，因為若不是有曹金福在，她們母女一起被接走，過些時間又回來，誰也不會感到驚恐，只因為有曹金福打岔，才令紅綾焦急萬分。

我想到這裡，也向曹金福看了一眼。曹金福大是惶恐：「我——做錯了甚麼？」

紅綾笑：「你甚麼也沒有做錯！」

我也道：「你做得很好！」

曹金福這才大大吁了一口氣。我在想：事情一發生，我就斷定和外星人有關。陳大小姐當然已是外星人，她忽然接走了白素，不知是為了甚麼。

可以肯定，若不是有重要的事，她不會有這樣的行動，因為她早已「了卻塵緣」，用通俗一點的語言來說，她早已成仙了，當然不會為了思念女兒，而把女兒接去聚一聚的。

我也不必設想，因為這個問題，等白素一回來，立刻就可以有答案。我只是想了一下：這次相聚，不知是真人相見，還是又和上次一樣，只是立體的影像。

紅綾跳跳蹦蹦，來到我的身前，一面笑一面道：「媽媽的媽媽還說，要把鷹兒教得更通靈！」

我怔了一怔，一時之間，聯想得極遠。在傳說之中，頗多禽獸也可以修行，成為「正果」的，禽鳥尤多。一般來說，在「修行」的過程之中，只要能「化去橫骨」，那不但靈性大增，且可以口吐人言。

當然，一切諸如此類的記載，都是含意模糊，語焉不詳，例如鳥類的「橫骨」，就不知是指哪一個部分而言。

我想到的是，鳥類有牠自己的溝通方法，那是肯定的了，那就是鳥語。如果陳大小姐在那鷹身上裝上由鳥語轉為人語的翻譯儀器，那麼，那鷹就會口吐人言了！

我想到這裡，想起以紅綾的造型，若是肩上停著一頭巨鷹，那巨鷹忽然又會說人話，這種情景，有心臟病的人見了，不知會不會被嚇死？

想到這裡，我不由自主，吐了吐舌頭。

紅綾立時問：「爸，想甚麼？」

我本來想把想到的情景告訴她，但是一轉念之間，想到她如果真的拿這個要求去求她媽媽的媽媽，而居然又實現了的話，未免太驚世駭俗了，所以就忍住了沒有說，只是道：「不知道那鷹會變成怎麼樣？」

紅綾一副心嚮往之的神情，我也不知道她在想些甚麼。

後來，我和白素說起這一段經過，白素的意見十分直接：「老了！別說太久，就算二十年前，你還是唯恐天下不亂，哪裡顧得甚麼驚世駭俗。」

我嘆了一聲：「也未必，令尊已將近百歲，我看他比年輕時更有豪氣。」

白素側頭想了一想，才道：「沒有人肯認老的。」

我舉起手來：「我。老就是老，哪有不肯認的！」

我大大地伸了一個懶腰，心想，也該退隱，先過過「采菊東籬下，悠然見南山」的閑日子吧。

這些都是日後的話，表過不提，卻說當時知道了白素是給她母親接走後，焦急的情緒，自然一掃而空。紅綾走近車子，打開行李箱來，箱中竟滿是各種食物，還有美酒，我們便索性野餐起來——剛才紅綾情緒如此焦切，竟連喝酒也忘記了！

我們都不知道何以白素的母親要選擇在這裡帶走白素，但白素既然是在這裡被帶走的，自然也以被帶回這裡的成數為最高。

所以，不論要等多久，總是應該在這裡等。

我們一面喝酒，一面交談，我說著和一、二、三號溝通的情形，紅綾和曹金福都一致表示，我這次的「陰間之行」，所得的比他們還多，他們上次，只是和陰間主人交談，並沒有見到陰間主人能力的主要來源「思想儀」。

我把經過說完之後，等著聽紅綾的意見。

紅綾在這時，神情很是嚴肅，她道：「媽媽的媽媽告訴過我，在宇宙之中，地球人的本事，低微之至，能力高超的，不知道有多少！」

對於這一點，我自然同意，但是我仍然有必要向紅綾作一些說明。我道：「地球人有地球人的特性和優點，有些是其他外星人所沒有的，或是及不上的。」

紅綾眨著眼：「我的意思是，擁有思想儀的外星人，他們自以為在宇宙中的地位十分高超，但其實未必，而他們的能力，來自一副儀器，所以他們對這儀器的依賴和重視，已到了十分可怕的程度。」

我沒有再說甚麼，因為我感到紅綾這時所說的話，已經不是甚麼人告訴她，而是她自己經過了思考之後所產生的意見。

她繼續道：「在這種情形下，儀器不但成為他們生命中的一部分，而且是一個主要部分。」

我點了點頭，鼓勵她繼續說下去。

紅綾揮著手：「他們本來，只在這種方式下生活。可是一次意外，使得儀器破碎，那也等於是令得他們的生命破碎，使得他們的生活方式，起了徹底的改變！」

我同意：「是的，尤其當他們發現思想儀意然有對抗的作用時。」

紅綾吸了一口氣，說出了她的結論：「我相信，四號一定發現了大變化之後的生活方式，比原來的更好，所以才一直躲起來的！」

紅綾的結論，和我的推測相符合——我在聽狄可講到他們沒有任何個人秘密的所謂「和諧式」的生活方式時所起的反感，使我直覺地認為，一旦個人秘密可以保留，就不會再想把自己暴露在他人之前。

紅綾道：「對他們來說，四號現在的生活方式，是一種大倒退，但是若四號認為現在較好，就有權照他自己的意願生活下去。」

我望向她：「你的意思是，我不應該去騷擾他？不應該再和他聯絡？」

紅綾攤手：「不，我的意思是，他根本不會和你聯絡，不論你如何努力，他都不會——因為他要徹底逃避原有的生活方式。」

我笑了一下，紅綾的「文明生活經驗」不夠豐富，所以她才有這樣的說法。她的這種說法，自然可以成立，但是必需有一個先決條件，那條件就是：沒有任何的外來力量干擾個人意願。

不幸得很，在高級生物所建立的文明社會中，個人意願完全不被干擾的情形，幾乎絕不可能存在。在地球上，自然是人類社會最文明，但是人類社會演變了幾千年，也沒有出現完全的個人意願不受干擾的情形。

非但如此，而且還有一大半地球人，生活在幾乎不能有個人意願的生活方式之中。

這真可以說是文明的悲哀和諷刺，擁有個人意願，是生物的本能。沒有生物本能的一種生活方式，那算是「文明」，豈不令人三嘆？

而地球人還是文明水平極低的生物，像狄可他們的星球，文明的進展，超越了地球不知多少倍，可是個人意願卻也遭到了徹底的消滅！如果地球的將來，文明也向著這樣的方向發展的話，那我寧願生活在過去的石器時代，或許更有自我。

我想了一會，才回應紅綾的話，我道：「如果一二三號不找他，如果狄可不找他，如果更多他的同類可以容忍他那樣做，如果他有把握可以一直逃避下去，他就不會和我聯絡。」

紅綾也想了一會，才憤然道：「那是他的個人意願，狄可他們，為甚麼非去騷擾他不可？」

我苦笑：「這可能是由於高級生物發展過程中所必然會產生的劣根性，他們的發展，到了思想儀的出現，已經是個人意願喪失的開始。」

曹金福突然道：「那和奴隸社會一樣了？」

我用手畫了一個圓圈：「那是一個循環，過去和將來，會在同一個點上相會，雖然不同，其實一樣。四號的情形，比奴隸社會中一個奴隸的逃亡更嚴重，因為

『集體』認為他可能會帶來災禍。」

紅綾和曹金福默然，我又道：「以人類的現況來說，這種情形也一樣存在，許多人的個人意願和極權統治者不一樣，也就只好和四號一樣，冒著隨時被找出來的危險而躲藏著。」

紅綾的神情有點迷惑：「其實可以不是那樣的，我看狄可他們，和地球人的習性，比較接近，都以一些人的意願，作為整體的意願，不讓每一個人的意願，得到自由的發展。」

我苦笑：「這樣說來，我們地球人，和他們掌握了思想儀的外星人，竟然是一丘之貉了！」

紅綾略想了一想，就在她腦部的資料庫中，找到了「一丘之貉」這句成語的含意，她嘆了一聲：「這也許就是他們終於發明了思想儀的原因——像思想儀這樣的發明，不正是某些地球人夢寐以求的嗎？」

和紅綾說話，有時幼稚天真，嘻哈絕倒，但有時也可以嚴肅之至。

這時，她略頓了一頓，又道：「或許，那正是地球人的將來。」

我不由自主，打了一個寒戰，也搖了搖頭，因為我並不希望，地球人會有這樣的將來——但從地球人的習性來看，有這樣的發展，卻又是大有可能的事！

我用力一揮手，把岔開去的話題，又拉了回來。我道：「除非四號有把握能夠抵抗無休止的搜尋，不然，他必須尋求真正能幫助他的力量。我會使他相信，我明白他的處境，並支持他的行為，那麼，當他需要幫助的時候，他就會和我聯絡。」

紅綾看了我一會：「你是說，如果他現在的處境，出現了危機，他會向外界求助？」

我道：「那是必然的行為。」

紅綾側著頭：「如果他要求助，我們能給他甚麼幫助呢？」

我一時之間，難以明白紅綾這句話的意思——她的話本來不難明白，可是她用的語氣，卻相當古怪，使人感到她有弦外之音。

我想了一想：「你的意思是說，我們——地球人的能力有限，他要求助，我們不會是目標，他會向其他外星人求助？」

紅綾點頭：「正是。」

我「哼」了一聲：「別太妄自菲薄，別忘了一二三號和狄可，都想通過我找到四號。」

紅綾不說話，只是望著我，神情古怪。

（十一）運送人頭

我喝了她一聲：「有甚麼話只管說，別鬼頭鬼腦。」

紅綾道：「一二三號和狄可找你，是因為你曾和四號有過聯絡，你的腦中，有四號設定的密碼——那是他們所掌握的唯一線索。」

我呆了一呆，我自然聽得出紅綾還沒有說出來的話。紅綾畢竟已不是女野人了，她多少也懂得了一些人與人交往的說話技巧了。

她沒有說出來的「潛台詞」是：「他們找你，只不過是把你當成餌，好把四號引出來，並不是因為你有甚麼特殊的能力。」

我用力一揮手：「那當年四號和我聯絡，也是求我幫助找思想儀的部件。」

紅綾笑了一下——她笑得很純真，並無惡意：「但你幫不了他的忙！」

我畢竟大是沮喪——看來紅綾說得有理，可是我又不服氣：「狄可和一二三號都能測知我的思想，他們大可把那密碼測了去，自行和四號聯絡。」

紅綾大聲叫：「爸，那不是你的思想——你根本不知道自己的腦部被人做了手腳——」

我悶哼一聲：「你的語言能力倒越來越高了，連『做了手腳』都會說！」

紅綾過來，抱住了我的身子：「這都是爸媽教的！」

我沒好氣：「只怕是媽媽的媽媽教得更多！」

紅綾「嘻嘻」笑著，也不否認。我揚了揚眉：「狄可他們，若是真的能力如此高超，他們應該可以趁我在集中精神和四號聯絡時，跟蹤去找到四號的所在。」

紅綾聽了之後，並沒有立刻回答，像是正在思索甚麼，曹金福問：「你只是想，怎麼跟蹤？」

我道：「不論我用甚麼密碼把訊息發出去，只要訊息一離開了我的腦部，就必然有迹可循，也必然可以跟蹤，直找到四號的接收處。」

曹金福似懂非懂地點著頭——我說的情形，其實只不過是一個概念而已，具體情形如何，我自己也說不上來。

但紅綾卻聽得很是認真，她道：「有兩種情形，是狄可無法追蹤的。」

我作了一個手勢，請她解釋。

紅綾道：「第一種情形是，四號根本沒有打算接收你發出的訊號——他如果知道，狄可會跟蹤你的訊號而找到他的話，他就會那麼做，以保護他自己。在這樣的情形下，你發出的訊號，也就成了無主遊魂，沒有目的地，就算循迹跟蹤，也沒有用處。」

我明白了她的意思：「在這種情形下，我再努力和四號聯絡，也不會有用。」

紅綾點頭：「是。第二種情形是，狄可根本沒有這個能力。」

我呆了一呆：「怎麼會呢？他有思想儀那樣進步的儀器，應該有這個能力。」

紅綾雙手用力一拍：「對了，第二種情形是：狄可根本沒有完整的思想儀！」

我「啊」地一聲，紅綾的這個分析，是我以前沒有想到過的。

這時，我首先想到的是，我應該「告訴」四號，狄可不能在我不同意的情形之下找到他。

但接著，我也苦笑，因為四號根本不接收我的訊號，我又怎能「告訴」他呢！

這情形，和兒童故事之中，在貓脖子上掛一個鈴，倒有異曲同工之妙。

我立刻又想到，紅綾估計到了狄可沒有完整的思想儀，四號是不是也估計到了呢？

思想儀是一部奇妙之至的儀器，我所知的是，它由千百個部件所組成，每一個部件，都有獨特的神奇的功能（一旦「流落人間」，就是「法寶」）。

但是，它也有一個缺點——它的某些功能，必需整部思想儀齊全才能施展，缺一不可。

這種情形，相當特殊，以地球人的高科技儀器來說，當然每一個組成部分都十分重要，但也有些部件，可以省略，但思想儀則不然——這個特徵，是一二三號告訴我的。

所以，維持思想儀的完整，十分重要。

狄可毫無疑問，擁有思想儀，但，他擁有的思想儀，完整無缺嗎？

我知道所謂「思想儀」，不能顧其名而思其形，事實上，它的體積，龐大無比，類似地球上的一整座工廠，在宇宙航行中，失去了一些部件，是極為可能發生的事。

而且，我也聯帶想起了另一個問題：狄可曾說過，他們的宇航員，是四個人一組，四位一體。而狄可每次出現，都只是一個人，他的三個伙伴呢？

他的三個伙伴在哪裡？

看來，狄可對我隱瞞著的事情很多。

紅綾見我好一會不出聲，她又道：「如果狄可沒有完整的思想儀，那麼，他只有依靠你才能找到四號。」

我思緒相當紊亂：「是，他們都一再強調說，我腦中的密碼，是尋找四號的唯一線索。」

紅綾望著我，忽然之間，伸了伸舌頭，現出了極其古怪的神情：「爸，消除了你腦中的密碼，四號就不怕被人找到了！」

我同時也想到了：「探出我腦中的密碼，就可以找到四號了！」

我們兩人互望著，心中立刻又想到了同一個問題，可是紅綾也立刻向我作了一個手勢，示意我不要立刻說出來，她輕推了曹金福一下：「你得到了甚麼結論？」

我心想，曹金福有點憨態，未必想到甚麼，卻不料他看來傻頭傻腦，只是他生性忠厚，並不代表他笨。他立時道：「在這樣的情形之下，狄可掌握了衞叔，就可以找到四號。四號掌握了衛叔，就可以繼續藏匿。」

紅綾還不滿意：「這不是最後的結論！」

曹金福大手一攤：「先禮後兵，狄可他們，對衛叔還很客氣，但若是衛叔不徹底合作，他們可能另出手段。」

他說到這裡，略頓了一頓，所作的分析，有條有理之至：「到那時候，四號若感到了威脅，也會有行動。」

紅綾進一步問：「會有甚麼行動？」

曹金福看了我一眼，神情有點古裡古怪：「我不知道他們用甚麼方法才能使衛叔腦中的密碼消失或得到它，但是他必然有某些行動會違反衛叔自己的意願。」

他把可能發生在我身上的事，用如此文雅的句子表達出來，令我有啼笑皆非之感。

紅綾一個勁兒點頭，表示同意曹金福的分析。

我也同意，我明白自己的處境，十分不妙，發展下去，「違反我意願的事」必然會發生。

我也難以設想事情的發展會如何，是不是會把我固定在手術台上，用甚麼鐳射光線射向我的腦部，以達到他們之目的？

我皺著眉，心中不快之至，這可以說是無妄之災——少年時的一些際遇，發展到現在，竟會生出那麼多事來。

紅綾嘆了一聲：「我也想不出他們動手之後的情形會怎麼樣。」

我有一點懷疑：「要動手，他們為甚麼不一上來就動手？」

紅綾立時道：「金福剛才說甚麼來？先禮後兵？對了，狄可他們的本性不壞，不想強逼他人，把他人不願意的事付諸實現，但到了真正無法可施的時候，君子也就會變成小人了。」

我悶哼一聲：「本性不壞！」

紅綾道：「他們至今沒有對爸你怎麼樣！」

我嘆了一聲，我曾經說過，所有能夠來到地球的外星人，本性都不應該太不堪，因為，他們既然發展了高度的科技文明，就必然有高度的精神文明。

沒有高度的精神文明作基礎，高級生物不可能有高度的科技文明——像地球人那樣，貪婪、自私、殘酷，匪夷所思的罪行還存在於人性的本質時，地球上必然充滿了仇恨、戰爭、殺戮，殘害和各種各樣的混亂。在這樣的精神文明狀態下，如何能孕育得出高度的科技文明來？在一個還有殺死女嬰的落後野蠻行為的星球上，高度的科技文明只是遙遠的夢。

紅綾見我陷入了沉思，她還以為我對她的說法不滿意，所以她補充道：「當然『本性壞』或『不壞』，都只是地球上的標準，他們自己或許另有標準，那就非我們所能定出的了。」

我用力揮了揮手：「先不說他們的道德標準，若是他們雙方面都想對付我──」

說到這裡，我難以為繼，因為狄可和一二三四號要對付我的話，我一點辦法也沒有！

紅綾的眉心打著結：「只可惜不知道你腦中的密碼是怎麼一回事，不然，自行除去，就天下太平了！」

我呆了一呆──當然不是說我有辦法可以除去腦中的密碼，而是我想到，如果我有辦法，我是不是願意那樣做。

當然，除去了密碼，我再也沒有「利用價值」，自然天下太平。但是，我也失去了唯一可與四號聯絡的方法，這件事，也從此告一段落，再也難以繼續下去了。

這是我不願意發生的事！

想到這裡，我不由自主，搖了搖頭。在一旁的紅綾，竟然可以揣知我的思路歷程，她鼓起掌來：「好啊，當然不輕易放棄，嗯……兵來將擋，水來土淹。」

她找到了兩句成語，大是高興，就在她的掌聲之中，忽然有一個輕柔動聽的聲音傳來：「我以為你們會急壞了，所以趕著回來，看來我弄錯了。」

一聽到這聲音發自我的背後，我反手一抓，已握住了一隻手。

紅綾更加拍手：「媽，我們早知道你去見誰了，還急甚麼？」

我把身後的白素拉了過來：「急過了，那時你沒有看見。」

紅綾一下子撲到了白素身上，把她抱得緊緊的，大聲叫：「急得人三魂悠悠，七魄蕩蕩，都不知怎生是好！」

紅綾的這種說話腔調，自然是學自溫寶裕，但也是當時的實情，我補充：「我就是在她情急之下，立刻從陰間回來的！」

白素像是對我這句話很重視，她用一種很關切的目光望向我，我立刻把經過的情形，簡略地向她說了一遍——本來，我們應該先向她詢問她的經歷，但她既然是和母親相會，當然不會有甚麼驚險，遲一些問也不要緊。

在我說了之後，紅綾又急著把我們的分析，說了出來，她神情焦急，顯然是在為我的「夾縫」處境而擔心。

白素吸了一口氣：「媽突然把我找去，為的也是這件事——」

她說到這裡，向我望來，我大是驚訝：「我的事怎會驚動了岳母大人，她怎知我有事？」

白素皺著眉，並不以為我誇張的語氣很幽默。她道：「狄可在地球上努力，他的三個伙伴，在其他各處努力，目的都是為了找尋失蹤的第二十九組人員。」

我吞了一口口水，白素口中的「其他各處」，那是真正的「上窮碧落下黃泉」，指的是宇宙各處。他們的尋找行動，一定驚動了許多星體上的高級生物，成為宇宙中的一項大新聞了。

在這樣的情形下，已經身為外星人的陳大小姐，自然也會知道。奇怪的是，她怎知事情和我有關？

白素接下來的話，立刻解決了我的這個疑問，她道：「由於這件事已引起了廣泛的注意，所以大眾矚目，狄可和他同伴的通訊，有一些被別人截了下來，並且被譯出了其中的意義，有三個音節，沒有人知道是甚麼意思，只知道可能是一個地球人的名字，但是媽卻一聽就知道了，這三個字是——」

我苦笑：「衞斯理。」

白素點頭：「媽雖然成了仙，但若是有人要對她女婿不利，她還是不會袖手的。」

我拍打著自己的腰際：「有這樣的岳母大人撐腰，那真是天塌下來也不怕了！」

白素白了我一眼，繼續道：「狄可他們的通訊之中，提到了在你腦中，有一組密碼，是唯一的線索。最好的方法，是你肯真誠合作，利用這種密碼作聯絡，他們就可以利用你腦能量的發射過程，追蹤到目的地，但是你一直不肯那樣做，或做得不誠心。」

我承認：「是的，我對狄可硬要把在躲避中的同類找出來……很有點反感，所以並不誠心。」

白素沉聲道：「所以，他們考慮採取第二個方法！」

白素的神態凝重，我只覺得好笑，拍著自己的頭：「他們準備怎麼樣，把我腦子剖開來，找尋那組密碼？」

白素冷冷地道：「一點也不幽默！」

我吃了一驚——白素一向不是大驚小怪的人，她如今的神態，如此凝重，決不會是故意來嚇我的。我立即想到，她才和她母親會過面，會不會是我那位「成了仙」的岳母大人，曾給她甚麼暗示來？

外星人之間，互通消息，是很尋常的事，那麼，我是真正身在險境了。

我吸了一口氣：「是不是有甚麼風聲？」

白素看我的神情，就可以知道我已料到了發生了甚麼事，她道：「在地球上，狄可他們，沒有能力把你腦中的密碼取出來。」

一聽這話，我和紅綾，同時發出了一下悶哼聲，因為我和她都曾推測，狄可「先禮後兵」，但現在知道，並非如此。狄可的先「禮」，是無可奈何的。

白素續道：「可是，若要把你弄回他們的星體去，卻又大費周章，有很大的困難——」

我想起在「陰間」所見，部分的思想儀已龐大如工廠，如要把我帶走，也不應該是難事，他們的宇宙飛行能力，應該十分高超才是。

白素嘆了一聲：「把你帶到他們的星體去，自然不是甚麼難事，問題是要在長期的宇宙飛行中，維持你的生命，這就很困難了，因為他們的飛船中，沒有維持一個地球人生命必需的設備，而且，也怕你無法承受旅途中的種種變化。」

我又是好氣，又是好笑：「他們的能力如此高超，攝人靈魂如探囊取物，把我的靈魂拘了去，慢慢在其中找尋，也就是了。」

白素卻回答得十分認真：「靈魂是人的記憶組，只要是你的記憶，他們都可以得到，可是那組密碼根本不是你的記憶，你自己根本不知道，他們要你的靈魂又有何用，所以必須在你腦中去找！」

我不禁感到了一股寒意：「怎麼找？」

白素吸了一口氣：「把你幾億個腦細胞，拆開來一個一個地找，看是藏在哪一個之中。」

我又驚又怒，脫口道：「他們能還原嗎？」

白素竟然作了一個怪臉：「不知道。」

我深吸了一口氣，令自己定下神來：「這些訊息，全是令堂告訴你的？」

白素點頭：「是，不過真正的內容，可怕得很，他們向各方面求助，要解決一個難題：把一個兩公斤左右重量的地球人生命體，作長期的宇宙航行，而令得這生命體的生命，得以很好的維持。」

聽到這裡，我不由自主，發了一陣抖。

這些外星賊子太可惡了！

兩公斤！

那是我身體的哪一部分？當然是人頭！

我的臉有些發麻，悶哼了一聲：「其實他們若是只運送我的腦子，半公斤就夠了。」

白素口唇動了一下，但是卻沒有說甚麼，實在是因為她想說的話太血淋淋了，多年夫妻恩愛，她再也說不出口。可是紅綾卻說了出來──絕不是她沒有父女之情，而是她性子直，想到甚麼就說甚麼，沒有任何保留和忌諱，她道：「總要有容器的，最現成的容器，就是──」

白素喝了一聲：「女兒！」

紅綾一征，這才把最後的「人頭」兩字，生生地嚥了下去，沒有說出來。

我怒極反笑：「他們準備甚麼時候下手來割我的人頭？」

白素沉聲道：「他們會再來和你商量！」

一聽到了白素這樣回答，我是真的忍不住，大笑了起來。這實在太可笑了，成語形容絕不會成功的事，有「與虎謀皮」──和老虎商量要剝牠的皮，老虎怎麼會答應？而如今居然有人要和我商量，取我的人頭，這不是太可笑了嗎？

白素也不阻止我，由得我笑，紅綾和曹金福又跟著我笑。我們都一起指著白素，奇怪她居然可以忍住了不笑。

白素非但不笑，而且還嘆了一口氣：「其他的外星人，都會盡力去幫助他們。」

我不再笑：「為甚麼？是因為在外星人的眼中，一個地球人的人頭，根本不算甚麼？」

白素皺著眉：「不是，是宇宙間，有一個大家都默認的法則——」

我「哼」地一聲：「我以為宇宙浩淼，廣闊無比，最是自由自在了，卻也有甚麼法則！」

白素不理會我的話，自顧自說下去：「各個星體上的高級生物，一旦有了宇宙航行的能力，也就有了這個法則，那就是，宇宙航行者，不能背叛他所屬的星體。若是背叛了，宇宙間所有的力量，都會聯合制止這種行為。」

我聽了白素的話，想說甚麼，可是卻張大了口，一句話也說不出來！

因為事情比我的想像，還要嚴重許多倍！

我以為只是狄可和一二三號要對付我，而現在的形勢是，所有外星人都會對付我，因為我腦中有追尋違反了法則者的唯一線索。

看來，這下子衞斯理真的是人頭難保了！

我在駭然之餘，竟不由自主，伸手向自己的脖子摸去，白素立時抓住了我的手，她也臉色煞白。

宇宙之間，何以會有這樣的法則，也很容易理解——要是派出去的宇宙航行員，個個有去無回，音訊全無，那麼宇宙航行還有甚麼意義！

這種情形，在地球人的大海航行中也曾出現過，海上航行的法則極其嚴厲，背叛是極嚴重的罪行，屬於十惡不赦之列。

至於這種法則也存在於宇宙航行之中，對地球人來說，是遙遠的將來的事，但對已有宇航能力的外星人來說，卻是實實在在的需要！

我呆了一會，才道：「想不到我成了宇宙要人了！」

白素苦笑：「真正要對付你的，還只是狄可他們，其餘的外星人，只是幫助他們而已。」

我張開雙臂，輕抱了白素一下：「多謝令堂，她至少不會幫狄可，還把你召了去，通風報信，好叫我知道自己的處境。」

紅綾很是不平：「爸不會任人擺佈。」

我大聲道：「放心，當然不會。」

曹金福顯然一時之間，還感覺不到事情的嚴重性，所以他只是低著頭，沒有説甚麼。

白素這才説到了正題：「媽説，你的情形很不妙，最好的辦法，是你和四號聯絡，要他自行出面，了結此事，你才能脱了關係。」

我揚眉：「若是四號不想出面，我不會強逼他——他有權維持個人的意願！」

（十二）單一

白素望著我，不出聲。我又強調：「即使在地球上，能有個人意願，也是地球人追求的目標，想不到宇宙間可以幾十萬光年飛來飛去，反倒失去了這種自由！」

白素仍然不出聲，我又進一步發揮：「若是將來，地球人文明進展，也向這方面發展，那還是不要將來的好！」

白素嘆了一聲：「好像真是越過去，越多自由，越容易維持個人意願！」

我提高了聲音：「就讓狄可來取我的人頭好了！」

接下來發生的事，由於突如其來，意外之極，所以我的反應，也難免有點失常，照白素、紅綾和曹金福事後異口同聲地說，我在突然之間，整個人向上彈了起來，像是吞下了大量興奮劑的青蛙一般，不住跳著，一面跳，一面繞著圈子，同時口中和喉間，發出莫名其妙，不知所云的怪聲音。

我不知道他們的形容是不是正確，因為當時我根本沒有注意到自己做了些甚麼。變化突然產生，而當我一弄明白了變化的性質之後，我全副心神，都放在適應這變化之上，哪裡理會得做了些甚麼樣的怪動作。

但是有一點可以肯定，當時我的心情，確然興奮之至，所以「吃了大量興奮劑」這句形容，絕對可以接受。

突如其來的變化是，我陡然之間，在那句表示絕不向狄可屈服，要維護四號的個人意願之後，我聽到了一把熟悉而又陌生的聲音響起：「謝謝你，衛斯理。」

聲音陌生，是由於那需要運用遙遠的記憶，一直要回溯到少年時期；聲音熟悉，是一旦回憶到了過去，就聽出這聲音早年曾和我有過溝通。託我尋找我師父的，就是這把聲音。

現在，我已可以肯定，那就是「四號」的聲音，我正想和他聯絡，但是又知道他的行蹤隱秘之極，沒有可能接收我的聯絡。

就在這樣的情形下，陡然之間，「聽」到了他的聲音，怎不令人大喜若狂？

當時，紅綾和曹金福兩人，不知我發生了甚麼事，想過來抱住我，不讓我蹦跳，但白素卻知道是怎麼的一回事，她道：「別去干擾他，他正和甚麼人在進行溝通。」

我確然是和四號在進行溝通，我不必發出語言（當時的怪聲只是為了高興），四號能夠和我直接溝通，我的回答是：「不算甚麼，這是我為人的原則。」

接下來的，竟然是四號的一下嘆息聲。我立即問：「你的情形怎麼樣？據我所知，你的處境不是很快樂，太多力量想把你找出來。」

四號又嘆了一聲，才道：「是啊，連累你也成了目標，難得你非但不怪我，還肯維護我。」

我在連聲的嘆息中，至少知道了四號的處境，確然不是很妙，我問：「現在你最大的困難是甚麼？」

四號的回答，雖然在我的意料之中，但是仍然令我感到驚疑：「是我當年留在你腦中的密碼，他仍知道追循這個線索，可以找到我！」

我在那時，一定曾不斷地揮著手——這是我的一個習慣性的動作，每當我要作出我不願意作，無可奈何非作不可的決定時，就會有這個動作出現。

白素他們説，我那時已從極度興奮的狀態中，平靜了下來，確然有幾十秒鐘時間，在不斷揮著手。

我向四號作出的提議是：「何不由你來取消這個密碼？那他們就沒有線索了！」

我是很不願提出這個建議的，因為密碼一取消，我就無法再和四號聯絡了。而我還有許多疑問，要向四號詢問後，才能得到解決，就此失去聯絡，實非我所願。

四號竟然又嘆了一聲：「我要是能夠，也不會把密碼一直留在你腦中了！」

我吃了一驚：「是不是由於你沒有了完整的思想儀？」

四號的回答，使我感到意外：「不是，而是地球人人腦的結構，極其複雜，遠超我們的想像之外——更遠超你們自己的想像之外，你能否想像你們的腦細胞，其實每一個都是獨立的個體，每一個都有它自己的行為？」

呆了半晌（當時一定現出了迷惘之至的神情），這是我從未想到過，也不見得有別人想到過的問題，而且我還不明白四號這種說法的真正含義。

四號忽然道：「不去討論了，這個問題太複雜了，總之，我沒有能力消除留在你腦中的密碼！」

我由衷地道：「那也沒有甚麼不好，至少，我們可以一直保持聯絡！」

四號長嘆：「可是對我來説，那是禍根，他們遲早會找到我！」

我定了定神，問出了一個關鍵性的問題：「你為甚麼要逃避？為甚麼要躲開你的同類？」

這個問題自然重要，因為一切事情，都是從四號的「脱離行為」開始的。（我稱四號的行為是「脱離行為」，因為我不以為那是「背叛」或者更嚴重的説法。）

四號顯然不願意回答這個問題——我早就知道這個問題，一定嚴重觸及他的隱秘，不過也想不到他居然也懂得「顧左右而言他」這一招。

他不回答我的問題，卻忽然道：「或許，你們一直在研究的『潛意識』，可以解釋每一個腦細胞獨立的情形。」

他忽然回到「那個太複雜問題」上來，我也不心急，應聲道：「慚愧得很，地球人對自己的腦部不是太了解，潛意識是怎麼一回事，我們還沒有弄清楚。」

他有了興致：「人的每一個細胞——都有獨立行動的能力，以你腦中的密碼為例，存在於一個腦細胞中，這個腦細胞，曾接受這一次訊息：你不願意讓這密碼消失，它就記住了。現在，你又願意把這個密碼交出來，它收到了相反的訊息，它就開始自行判斷應該怎麼做，它顯然堅持你給它的第一個訊息，所以它不會把密碼交出來——這是我不能收回密碼的原因。」

他一口氣說出來，說的是我腦部活動的情形，把我聽了個目定口呆。

他又道：「你雖然願意交出密碼，但你的潛意識不願意，就等於不願意。」

過了一會，我才透了一口氣：「那麼，狄可又有甚麼方法可以取得密碼？」

四號沉聲道：「在地球上，他也做不到，只有在我們的星球上，才能做到，過程複雜之至，先要在你的腦中，找出那個儲存了密碼記憶的腦細胞來——」

我失聲：「人的腦細胞有將近十億個。」

四號否定了我的話：「不，更多，有許多腦細胞，是由上萬個組合組成的，你自己還沒有發現這一點。」

我苦笑：「一個一個地找？」

四號重覆著我的話：「一個一個去找！」

我深吸一口氣：「他要取得我整個腦部，運送回你們的星球去——他若要那樣做，就必須殺了我，對不對？」

四號的回答很模糊：「我不知道他會不會！」

我忽然想起白素的話，白素曾說，狄可會來和我商量，要我的腦袋——一想到這裡，又忍不住想笑：「或許，他不會殺我，他會說服我自殺！」

四號的反應，很出乎我的意料之外：「衞斯理，別把地球人的性格行為代入我們中。我們並不熱衷殺害生命，絕不，我們極重視生命——所以，我不知道狄可會怎麼做，你必須知道，狄可如果嗜殺，可以把地球人全部消滅！」

我想起了「陰間寶物」能攝人魂魄的情形，知道四號的話，並不誇張，全身不禁感到了一股寒意。

我緩緩地道：「現在你和我聯絡，就不怕被人偵知？」

四號道：「不怕，不是你找我，是我找你，衞斯理，我不想被他們發現，所以請別和我聯絡。」

我苦笑：「我等著狄可來取我腦袋？」

四號有好一會沒有反應，我再重覆了一遍，四號才道：「我不希望被他們找到，當然也不希望你的腦部被分解成幾十億分。」

他的話，仍然未曾具體地說明我會有甚麼遭遇，我用力一揮手：「那樣說來，你始終逃不脫，你終被發現。」

四號開始有點支支吾吾，我道：「你我之間，還有甚麼話難以啟齒的？」

四號的回答是：「總之希望你能支持我到底，別讓狄可取得你的腦子。」

我想笑，但是關係我自己腦子的去向，那又使我笑不出來，我道：「聽你這樣說，我有能力保護自己的腦子？」

四號的答案竟十分肯定：「只要你肯，你能。」

我呆了一呆——沒有人會肯把自己的腦子拱手讓人，四號這樣說，是甚麼意思呢？我立刻想到，狄可會不會卑鄙到拿白素和紅綾的生命作威脅，來逼我自盡？

如果拿我的生命，去交換白素母女，我自然沒有反抗餘地，只好答應！

本來，在我和「四號」突然有了聯絡之後，我處於對四周的環境，全然沒有知覺的境界之中，這時想到了白素和紅綾，我身子陡然震動，定了定神，看到白素、紅綾和曹金福卻全神貫注地望著我。

白素一和我的目光接觸，立時揚眉相詢，我作了一個手勢，表示我還需繼續。

也就在這時，我又聽到了四號的責備：「你又以地球人的行為去衡量了！」

我大是惱怒：「是，地球人卑劣，你們高尚；既然你們那麼高尚，你為何不歸隊，要逃避？」

四號感嘆：「你的思路有點問題，高尚和想獨處，定全是兩回事。」

我冷笑：「別告訴我，你的脫離行為，只是為了想『獨處』。」

我把「獨處」兩字，特別強調。

四號的聲音極平靜：「是的，就是想獨處，不想自己的一切，都給別人知道，也不想知道別人的一切，只想保留自己，完完全全的自己。」

我一時之間，沒有作聲，四號又道：「你不覺得這樣的生命形式，才是真正的生命嗎？宇宙之間，極少高級生物，甚至沒有，可以擁有這樣的生命方式。」

我想了一想，確然，高級生物的生命，絕少是真正「獨處」的，多多少少和這個人那個人，發生著牽絲攀籐的關係。雖然說，在地球人之中，有真正的隱士，但那些隱士，在與世隔絕的生活之中，他的思想是不是能夠離開群體，也大有問題。

四號又道：「尤其對我們來説，獨處簡直是不可思議的事，而我卻在忽然之間，身歷其境，那種幻妙奇異的感覺，就如同你們常説的到了仙境一般，在我們的星體上，我是唯一能因為一次意外而有幸進入這種境界的人，所以我不想歸隊。」

我苦笑了一會，四號説得很明白，但是我卻無法全盤理解。

四號忽然詞鋒一轉：「也不是沒有真正獨處的地球人，我就曾遇到過一個，見到他的時候，他的情形十分奇特，他正在觀察地球的形成——」

我聽到這裡，陡然叫了起來（真的叫出了聲音，令得白素等三人嚇了一跳）。我之所以大叫，是因為四號的話，太不合理了——一個地球人，怎麼能觀察「地球的形成」？地球形成之後好幾億年，才出現原始人！

四號這時道：「我説過了，情形特殊之極，近乎不可能，這個地球人，竟然闖進了多向式的時空之中，這你很難明白，因為地球人的時間觀念，是單向式的。」

我感到一陣暈眩，我曾和狄可討論過這個問題，他未能使我明白，現在，四號自然也不能，但我至少明白了一點：在多向式的時空之中，一個地球人可以觀察自己星體的形成過程。

四號知道我在想甚麼：「你只要明白這一點就好，這個地球人，他對我有相當程度的啟發：他對我說，他不是迷失，而是享受真正的生命方式──單一式生活：獨處，不受任何同類的干擾，這才得回了自己，一切都照自己的意願，不受任何力量的左右和影響。」

我「嗯」了一聲：「佛門的『四大皆空』，或許也正是這個意思。」

四號又道：「這個人在觀察地球的形成過程之中，有一個相當重大的發現，這個發現，直到如今，地球人還一無所知。」

我大是好奇：「他發現了甚麼？」

四號的回答，令我直跳了起來。他道：「他發現整個地球是一個生命體，海洋、高山、平地，都是這個生命體的組成部分，而各個組成部分，又各自有獨立的生命，就像人的每一個腦細胞都是獨立的一樣。他又說，在許多年之後，這個大生命體會有休止期，然後，大生命體上，就附生了千奇百怪的各種小生命體──他是其中的一分子。然後，將來，大生命體的組成部分，會逐漸復甦，海洋活回來了，高山活回來了——」

我就是聽到「高山活回來了」這句話時，直跳了起來的，我大叫：「等一等！不——你再往下說，不，等一等！」

我大是語無倫次，因為四號所說的事，和我近來的經歷有關——我近來的經歷是，在一個深山的山洞之中，和一個相信大山有生命，正致力於使大山復甦的波斯人倫三德相敍，倫三德所相信的，正是四號所說的那地球人的「預言」！這真是意外之極的所得！

我疾聲問：「那地球人是一個大鬍子？」

四號道：「不是啊，這個地球人，對地球的將來，看得十分透徹，他說，作為一個生命體，真正的生命方式，應該是單獨的存在，所以，將來，地球的生命休止期結束之後，它會脫離任何星系，奔向獨處。當然，到那時，附生在它上面的千億生命，也化為烏有了。」

我聽得身子有把持不住的搖晃——這是甚麼樣的預測？地球的將來，竟會是這樣子？地球會追求單獨生存，脫離一切星系？

正在致力使高山復甦的倫三德，知不知道自己的努力，會有這樣的後果？

我思緒渾沌一片，一時之間，不知想甚麼才好。只聽得四號繼續道：「可是這個地球人，可未能做到真正的獨處，他還在思念一些人，他借用了我的一個儀器，把他思念的人的形像，顯露了出來，一共三個——當時我不知道那種形像，在地球上被稱為美麗的女人——」

聽到這裡，我耳際響起了「轟」地一聲響，但是思路卻變得明白了。

我知道四號遇到的地球人是誰了！

原振俠！

原振俠並不是迷失在宇宙之中，而是在特殊的環境之中，使他悟到了單獨的生命方式的奇妙（情形和四號有點類似），所以他不願回來。

但是他又未能忘情他生命中的三個美人，所以借了四號的儀器，現出了她們的形像，那儀器是「鬼竹」，三個美人是黃絹、海棠和瑪仙。

他把那三個人像和他的發現留了下來，並且留下了自己的名字。波斯人倫三德在一個極特異的情形下得到了這些東西。他以為「原振俠」是一個古代人，所以才一聽到那名字，就吃驚無比。

至於那是甚麼樣的特異情形，自然只有倫三德才知道，可是倫三德好幾次想說，又說不出口，以他「天工大王」之能，尚且如此，可知情形真的奇幻莫測之至。

一連兩個疑問，都有了答案，心中暢快莫名，等到定過神來，才發現好久沒有聽到四號的聲音了，連問了幾次，都沒有回音，我想再和他聯絡，但是一想起如果我集中精神去想他，我腦中的密碼便會起作用，就有可能被追蹤，我立即又停止了想和他再聯絡的念頭——我決定幫助他，不破壞他獨處的生命方式。

這時候，我的神情恍惚，白素關切地問：「怎麼啦？」

我長長地吁了一口氣：「回家去，途中我向你們說。」

紅綾忙道：「我的鷹——」

白素笑：「你的鷹受完改造就會回來，先保你老爸的腦袋要緊！」

紅綾大聲宣佈：「誰也不能拿走我爸的腦袋，要拿，先拿我的！」

她的話雖然不倫不類之至，但是卻至誠感人。

狄可真的來向我要腦袋了，我打開門，把笑容滿面的他讓了進來。我不知他原來的形體如何，他既然「扮」成了地球人，自然扮到十足，而地球人的臉上，堆滿了這樣的笑容時，通常也就是在心中最不懷好意之時。

進了書房，白素和紅綾跟了進來，紅綾雙手交抱在胸前，目光炯炯，白素若無其事，身子老大的曹金福堵在門口——除非狄可能化為一縷輕烟，不然，他出不了門。

我開門見山：「聽說你準備把我的人頭，帶回你們的星球去？」

我以為我這樣單刀直入，狄可一定要大吃一驚了。誰知他絕不否認，連聲答應：「是，是，不過不是整個人頭，只是腦子，你知道，長期宇宙航行，每一個分子的物質，都會增加困難。」

他這樣的反應，真令得我們四個地球人不知道如何應付才好。

我只好傻笑：「你準備甚麼時候下手？」

狄可大是高興：「當然最好是現在你就和我一起去！」

我問：「到哪裡去？」

狄可像是覺得我多此一問：「當然是到勒曼醫院去啊，還能到哪裡去？」

一聽到「勒曼醫院」，我和白素，在同一時間，發出了「啊」地一聲，綳緊了的神經，一下子鬆弛了下來。

狄可也開始興致勃勃地說他的行動計劃，他的計劃有一大串，已經在我意料之中，他道：「你知道，我們最拿手是轉移人的記憶組——」

我心想：那還用說，你的三個同類，成了陰間主人，正是靈魂（人的記憶組）的大集成者！

狄可又道：「而勒曼醫院，又可以很快地複製一個人的身體——把你的記憶組，轉移到新的身體中去，把你的舊身體交給我們，對你來說，一點損失也沒有。」

我完全同意他的話，確然一點損失也沒有——四號的密碼，只在我的一個腦細胞之中，並不是我的記憶。

狄可「要我腦袋」的方法，溫和巧妙之極。而且，我知道，當年原振俠和年輕人，為了赴幽靈星座救人，也曾進過勒曼醫院，進行記憶組的轉移，在理論上來說，新的複製身體，總是比舊的身體好些。

但是，我卻一口拒絕了狄可的要求。狄可用十分訝異的神情望著我，我道：「本來，我可以完全不向你解釋原因，但是我可以告訴你，我不喜歡你在進行的事，如果四號一定喜歡單一的存在，就沒有人可以有權逼他放棄這種生命方式。」

狄可又是生氣，又是無可奈何：「可是，單一的生命方式，不是我們星體的生命方式。」

我斬釘截鐵：「可以改變，不論是單向式時間，還是多向式時間，都有將來，而將來，必然和過去、現在不同，四號先作了改變，創造了將來，不論是甚麼形式的時空，你都不能把他拉出來。」

狄可盯了我半晌：「其實我們可以強逼你答應。」

我道：「我同意，但是我知道你不會那麼做。」

狄可又盯了我半晌，才怏怏離去——絕對是，他們是行為極君子的外星人。

後來，有一個機會，我終於問了一二三號：「你們創設陰間的目的是甚麼？」

他們的回答是：「悶得發慌，總要找些事做做的啊！」

我的天！

（全文完）

衞斯理「陰間系列四部曲」，
情節緊扣，集集精采！

從陰間來
到陰間去
陰差陽錯
陰魂不散

半世紀前的滅門慘案，兇手竟是陰間使者。衞斯理最驚心動魄的冒險旅程——穿梭陰陽界，爲你解開生死之謎。

已經出版
每本售價三十五元

勤十緣出版社書目

衞斯理科幻系列

1 電王（五版）
2 黃金故事（四版）
3 從陰間來（十七版）
4 到陰間去（十七版）
5 遊戲（四版）
6 陰差陽錯（十五版）
7 禍根（十八版）
8 生死鎖（五版）
9 陰魂不散（十四版）
10 許願（十五版）
11 還陽（八版）
12 運氣（八版）
13 開心（十三版）
14 將來（八版）

倪匡科幻系列

1 消失女神（八版）
2 離魂奇遇（八版）
3 困獸（三版）
4 夜光（三版）
5 神話世界（七版）
6 妖偶（二版）
7 四條金龍（二版）
8 飛焰（四版）
9 魔像（四版）
10 鬼鐘（四版）
11 通神（四版）
12 蛇神（四版）
13 火鳳（四版）
14 異人（四版）
15 怪頭（四版）

奇幻系列

△1 轉世　余過著（五版）
2 隔世冤　寬齋著（三版）
△3 殘酷蜜月　余過著（五版）
4 陰陽證　寬齋著（三版）
△5 重返前生　余過著（四版）
6 鬼惑　商魂布著（二版）
7 公主墳　史國良著（二版）
8 追魂劫　商魂布著（二版）
9 血誘　寬齋著（二版）
□10 血雨艷桃紅　張宇著（四版）
□11 十世仇　張宇著（二版）
12 老床　史國良著（二版）
13 電話追命　商魂布著（二版）
14 鬼太郎　寬齋著（三版）
15 鬼日記　余無語著（二版）
16 寡婦咒　靈子著（一版）
17 屋邨猛鬼錄　李大幫著（三版）
18 鬼拳王　余無語著（二版）
19 鬼爺爺　商魂布著（一版）
20 卜命　寬齋著（二版）
21 鬧房　史國良著（一版）
22 鬼妾　寬齋著（三版）
23 最後的化粧　高青著（一版）
24 蘭桂坊夜話　余無語著（二版）
25 屍戀　靈子著（一版）
26 腐屍還陽　寬齋著（一版）
27 不歸門　寬齋著（一版）
28 義莊夜驚情　余無語著（二版）
29 屋邨猛鬼錄(2)　李大幫著（一版）

張宇玄幻系列

1 血雨艷桃紅（四版）
2 十世仇（三版）
3 鬼媒（三版）
4 摸骨（三版）
5 戲班（一版）
6 馬季開鑼（二版）
7 鬼臉（二版）
8 色鬼（二版）
9 母夜叉（二版）

余過四人夜話系列

1 轉世（五版）
2 殘酷蜜月（五版）
3 重返前生（四版）
4 偷魂（三版）
5 枕邊魔劫（四版）
6 殺頭遊戲（三版）
7 沒有腳的女人（三版）
8 蝶妻（三版）

*即將出版　△見余過四人夜話系列　□見張宇玄幻系列

多情系列

▲1	三生石	孔　昭著	（二版）
2	今夜沒有約	嚴　沁 梁鳳儀等著	（三版）
3	絕對討厭的女孩	羅穎思著	（一版）
4	鬼城	賈平凹 梁鳳儀等著	（三版）
5	女兒經	程乃珊著	（一版）
6	雲水依依	夏小詩著	（一版）
7	道是無情	汪曾祺 羅芙榮等著 梁鳳儀	（一版）
▲8	燃燒彩虹	孔　昭著	（三版）
9	魔少年	吳敬子著	（二版）
▲10	月夜傳奇	孔　昭著	（三版）
▲11	再見茉莉	孔　昭著	（三版）
▲12	紫女	孔　昭著	（三版）
13	過把癮就死	王　朔著	（一版）

嚴沁浪漫系列

1	夏之迷惑	（三版）
2	無情谷	（四版）
3	也是重逢	（二版）
4	盈雪	（二版）
5	長街	（二版）
6	沉沉黑夜	（二版）
7	燈火闌珊處	（二版）
8	不死的夢	（四版）
9	餘情未了	（二版）
10	玻璃命	（二版）
11	此岸彼岸	（二版）
12	該不該讓他知道	（二版）
13	有月亮的早晨	（二版）
14	午夜陌生人	（一版）

寫眞小說系列

1	還似無情	張寶兒著	（三版）
2	嫁後	張寶兒著	（三版）
3	撲蝶	張寶兒著	（一版）
4	回首已三生	張寶兒著	（三版）
5	塵緣	張寶兒著	（一版）
6	婚姻大事	張寶兒著	（二版）
7	又是曾經	張寶兒著	（三版）
8	花不迷人	張寶兒著	（一版）
9	晚來天欲雪	張寶兒著	（一版）

孔昭驚情小說系列

1	三生石	（三版）
2	燃燒彩虹	（三版）
3	月夜傳奇	（二版）
4	再見茉莉	（二版）
5	紫女	（三版）
6	捕月	（一版）

奇案系列

1	撕票	林　蔭著	（一版）
2	千里追兇	捍衛者著	（一版）
3	城市戰爭	捍衛者著	（一版）
4	重案傳眞	捍衛者著	（二版）

推理系列

1	重殺	施　雨著	（二版）
2	噬　人	笹澤左保著 林敏生　譯	（一版）
3	丸之岬奇案	吳民民著	（一版）

實用系列

1	兩餸一湯(一)	李曾鵬展著	（五版）
2	居室風水	芳草軒著	（四版）
3	風水新講場	宋韶光著	（七版）
4	兩餸一湯(二)	李曾鵬展著	（三版）
5	家庭實用療方	李　南著	（二版）
6	家事錦囊	李陳雅賢著	（三版）
7	職業婦女三餐樂	蔡麗容著	（二版）
8	斗換星移說命運	戴添祥著	（二版）
9	法律八寶飯	毛錫强著	（二版）
10	猴年運程	蔡興華著	（二版）
11	生意經	李寶光著	（一版）
12	名厨巧手菜	陳　東著	（二版）
13	靈測玄機	阿　樂著	（三版）
14	兩餸一湯(三)	李曾鵬展著	（三版）
15	九二年加國移民指引	霍子孟著	（二版）
16	鐵板神數趣談	阿　樂著	（三版）
17	吃雞百變法	蔡麗容著	（二版）
18	清潤湯水	李　南著	（二版）
19	實用抗癌藥膳	常敏毅著	（二版）
20	法律小錦囊	毛錫强著	（三版）
21	滋補粥品	戴麗嫦著	（二版）
22	改變生命的密法	邱　彰著	（一版）
23	家事萬靈通	李陳雅賢著	（二版）
24	豆腐百變法	蔡麗容著	（二版）

＊即將出版　　▲見孔昭驚情小說系列

25 保健素食精選 丁元義 王龍驤等編著 (三版)
26 涼拌美食 戴麗嫦著 (三版)
27 吃蛋百變法 蔡麗容著 (三版)
28 親親孩子心 初子著 (三版)
29 風水百答 宋韶光著 (五版)
30 瓜類百變法 蔡麗容著 (一版)
31 調味料妙用法 戴麗嫦著 (一版)
32 做個大方女人 張瑪莉編 (三版)
33 教你睇風水 正翁著 余無語編訂 (三版)
34 一味三食 馮金陵著 (三版)
35 滋味海鮮餐 戴麗嫦著 (三版)
36 淡水魚百變法 蔡麗容著 (三版)
37 妙語連珠 宋韶光著 (一版)
38 鷄年運程 蔡興華著 (三版)
39 秋冬火鍋保仔菜 馮金陵著 (三版)
40 親親孩子心(二) 初子著 (三版)
41 名人命理 盧恆立著 (三版)
42 甜品百變法 蔡麗容著 (三版)
43 改變婚姻的密法 邱彰著 (一版)
44 三元九運論風水 盧恆立著 (三版)
45 懷舊菜譜 馮金陵著 (一版)
46 Keep Fit 甜品 戴麗嫦著 (一版)
47 命轉乾坤話風水 戴添祥著 (一版)
48 新意家常菜 李曾鵬展著 (三版)
49 情場衆生相 林淑霞著 (一版)
50 四柱八字話名人 盧恆立著 (一版)
51 養顏妙品 戴麗嫦著 (一版)
52 自學美髮術 戚其光著 (一版)
53 家居好風水(合訂本) 宋韶光著 (一版)

王亭之系列

1 王亭之談斗數與玄空 (三版)

梁媽媽快樂家庭系列

1 Fit到盡 (三版)
2 辣到跳 (一版)
3 兒童麵點 (三版)

投資企管系列

1 香港股票投資勝着 譚廣流著 (五版)
2 炒蚊股致勝術 古鎮煌編 思敏著 (三版)
3 股票入門 鄧曾瑞紛著 (三版)
4 中國投資手冊 初保泰著 (三版)
5 九十年代推銷術 燕冬著 古鎮煌編 (三版)
6 賺錢與花錢 古鎮煌著 (三版)
7 英國地產投資指南 燕冬著 古鎮煌編 (三版)
8 小國投資創富 任枝明著 (三版)
9 東歐投資先鋒 張志誠著 (三版)
10 投資啟示錄 錢炳恩著 (三版)
11 中外合營投資效益分析 蒲明書著 (三版)
12 中國外銷樓盤大全 韋昌汶著 (三版)
13 外滙投資致勝術 思敏著 古鎮煌編 (一版)
14 中國投資稅收顧問 馬國賢 張華國編著 (一版)
15 錢眼看世界 思敏著 古鎮煌編 (一版)
16 開拓中國市場廣告促銷法 韋昌汶著 (三版)

名家系列

1 冬雨 王蒙著 (一版)
2 男男女女 王安憶 張辛欣等著 (一版)
3 小人物自述 老舍著 舒乙編 (一版)
4 風過耳 劉心武著 (一版)
5 冰心九句文選 冰心著 (三版)
6 表姐 王蒙著 (一版)
7 藍夜叉 劉心武著 (一版)
8 裸雪 從維熙著 (三版)
9 小販世家 陸文夫著 (一版)
10 活佛 高澍著 (一版)
11 柏克萊傳眞 陳若曦著 (三版)
12 走出細雨濛濛 陳若曦著 (三版)
13 關於女人 冰心著 (一版)
14 關於男人 冰心著 (一版)
15 老舍英文書信集 老舍著 舒悅譯註 (一版)
16 說眞話的文學 巴金等著 (一版)
17 情知不是伴 蔣子龍著 (一版)
18 世故人情 張愛玲 賈平凹等著 (三版)
19 空巢 從維熙著 (一版)
○20 川端康成散文選 川端康成著 (一版)
21 炮打雙燈 馮驥才著 (一版)
22 殺星 劉心武著 (一版)

＊即將出版　○與百花文藝出版社聯合出版

名門望族系列

1 列根夫人與星象學　秋　紅著（一版）
2 香港女富豪列傳　方曉雲著（三版）
3 富豪第二代　韋昌汶著（一版）
4 世紀婚姻和它們的結局　秋　紅著（一版）
5 名人初戀故事　錢　進 楊國慶編著（一版）
6 五十年代香港足球　區志賢著（一版）

智慧系列

1 墨趣　謝宏中著（一版）
2 箴言精選（增訂版）　何文滙著（一版）
3 王子復仇記　何文滙著（一版）
4 論道德的起源　尼　采著 周　紅譯（一版）
5 藍田日暖　蔡炎培著（一版）
6 藝壇藝談　徐子雄著（一版）

漫畫系列

1 六韜　王宣銘著（一版）
2 智囊　王宣銘著（一版）
3 三十六計　王宣銘著（一版）
4 黃石公三略　王宣銘著（一版）

散文系列

1 不甘寂寞　邵國華著（二版）
2 八方驫英　岑逸飛著（一版）
3 廣告高興坊　潘啟迪著（一版）
4 過眼雲烟　林　洵著（一版）
5 兩談食性　王亭之 姚香雄著（一版）
6 倪震的心　倪　震著（一版）
7 你不是我最好的朋友　鄭世安 林竺覔著（一版）
8 彷彿是昨天　黃　霑著（三版）
9 妙不可言　朱維德著（一版）
10 奇聞異錄　可　飛著（一版）
11 兩重腳跡　王亭之著（一版）
12 二水集　梁鳳儀 舒　非 林　洵著（一版）
13 外交趣聞　徐行舟編著（一版）
15 芳草遍地　陳左洱著（一版）

電視日報
勤+緣出版社　聯合出版

娛樂叢書

1 Top星收入榜　宇文穎著（一版）
2 擁抱黎明　文　晞著（三版）

經濟日報
勤+緣出版社　聯合出版

經濟日報叢書

1 高官厚錄　陳毓祥等訪問錄（二版）
2 力爭上游　姜趙玉蓮著（三版）
3 人生網絡　麥華章著（一版）
4 自强不息　姜趙玉蓮著（一版）

壹出版有限公司
勤+緣出版社　聯合出版

開卷一族叢書

1 壹盤生意　壹週刊主編（四版）
2 壹笑集　壹週刊主編（四版）
3 富豪密室　壹週刊主編（四版）
4 IQ挑戰站　壹週刊主編（三版）
5 事實與偏見　黎智英著（三版）
6 一手興家　壹週刊主編（三版）

三思傳播有限公司
勤+緣出版社　聯合出版

資本家顧問叢書

1 世界華人富豪列傳（四版）
2 Forbes 華人富豪榜（四版）
3 世家大族（四版）

＊即將出版

梁鳳儀散文系列

1 財來自有方（七版）
2 誰可叮嚀（三版）
3 再戰江湖（三版）
4 不記當年（三版）
5 心想事成（三版）
6 勝者爲王（三版）
7 一言驚醒夢中人（三版）
8 行政秘笈（四版）
9 這就是梁鳳儀（三版）
10 在商言商（三版）
11 海峽兩岸的梁鳳儀（三版）
12 辦公室手册（二版）
13 先下手爲强（二版）
*14 有錢萬事足
*15 大男人與小女人

梁鳳儀財經小說系列

1 醉紅塵（十七版）
2 九重恩怨（十五版）
3 花魁劫（十七版）
4 信是有緣（十六版）
5 鎖清秋（十三版）
6 惆悵還依舊（十三版）
7 飛越滄桑（十版）
8 異邦紅葉夢（十版）
9 笑春風（十三版）
10 昨夜長風（十三版）
11 誓不言悔（十版）
12 激情三百日（十版）
13 花幟（十六版）
14 强人淚（十四版）
15 今晨無淚（十一版）
16 誰憐落日（十一版）
17 抱擁朝陽（十一版）
18 紅塵無淚（八版）
19 世紀末的童話（八版）
20 洒金箋（八版）
21 裸情恨（八版）
*22 心濤
*23 大家族
*24 又見深秋
*25 天債
*26 殺戮情緣
*27 曇戀
*28 情霸天下
*29 當時已惘然
*30 有鳳來儀
*31 不再歸航
*32 大風暴
*33 還我公平
*34 灩藍天
*35 西風逐晚霞
*36 夢蝶記
*37 今夕門煙花

梁鳳儀實用工具叢書

1 商場致勝法寶（二版）

*即將出版

親愛的讀者們：

希望你們會喜歡勤十緣出版社的書籍。我們努力從事出版事業，若要有理想成績，必須獲得你們的支持、指導和勉勵！

尊重讀者的意見是我們工作的宗旨，因為沒有你們的關懷，我們不可能進步。懇請你們把以下的表格填寫，剪寄：香港鰂魚涌華蘭路14號益新工業大廈18樓B座，勤十緣出版社收。

我們也會定期跟讀者保持聯絡，向你們報導有關本港暢銷書的出版情況、勤十緣出版社的新書以及聯同屈臣氏書店或香港各大書店舉辦的讀者活動。敬祝

身心愉快！

梁鳳儀

一九九二年六月一日

....✂......

敬請讀者填寫以下表格（請以英文正楷填寫）

逕寄：香港鰂魚涌華蘭路14號益新工業大廈18樓B座勤十緣出版社收

姓名：____________________

性別：__________ 年齡：__________

地址：____________________

____

電話：（公司）____________________

（住宅）____________________

傳真號碼：____________________

意見：____________________

____

勤十緣出版社